人形軟件

Humanoid Software

人形ソフトウェア

譚劍——著

ALBERT TAM

目錄 CONTENTS

人形ソフトウェア

CHAPTER 00

序章

意外的死亡

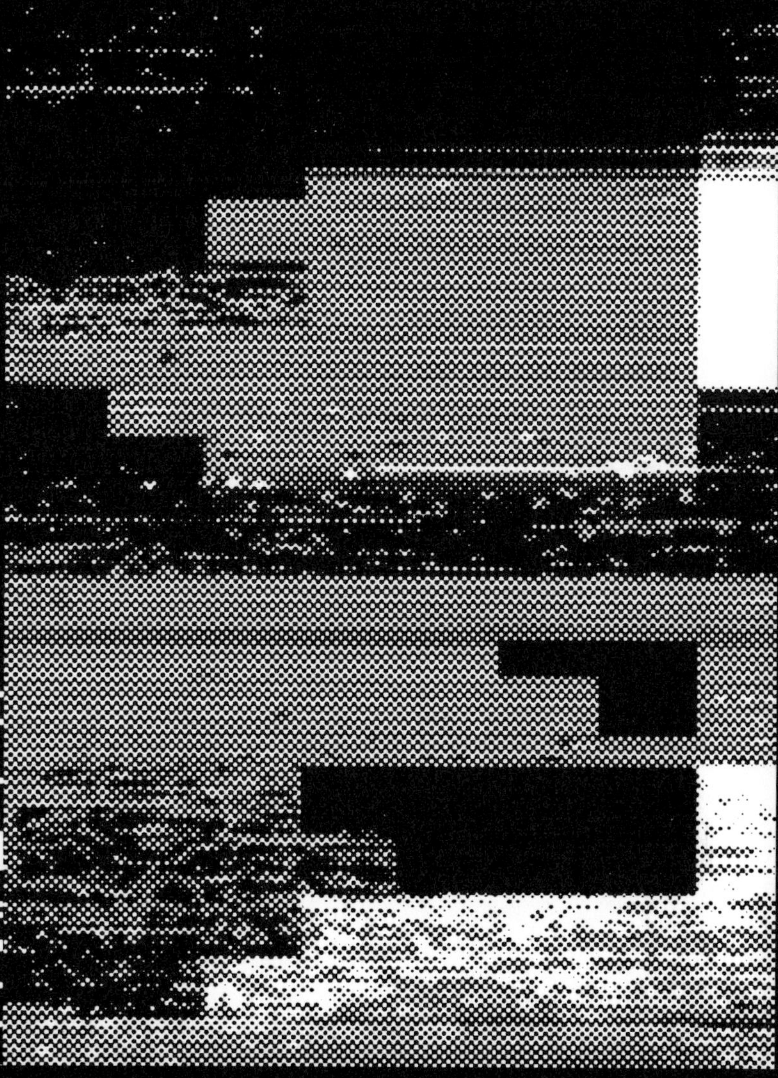

有些人的人生，要在死後才變得精彩，甚至，真正的人生要在死後才正式展開。可惜，他們在生前往往並不知道。

「解開全息立體圖的圖像密碼在哪裡？」

寧志健還不知道自己的生命已所剩無幾。不是以年計，不是以月計，甚至不是以日計或以小時計，而是以分鐘計。

他被套上頭罩，肚子被狠狠打了兩拳後，一口氣好不容易才提上來，反問：「甚麼圖像密碼？你說甚麼？」

「圖像密碼就是密碼，用圖像方式表示。」兩個巴掌又摑到寧志健臉上。

「不用解釋，這小子在裝蒜！你不快說的話，我們就把納米機械人注射進你體內，它會侵襲你腦袋，叫你乖乖聽話。」

另一人又道：「納米機械人是高科技玩意，很貴，我們有比較便宜的方法：給你打毒針，就是美國政府在關塔那摩灣海軍基地（Guantanamo Bay Naval Base）給恐怖分子打的那種。我相信到時你就會老老實實的全盤托出，不再鬧彆扭。不過，這針有很多後遺症，你要不要聽？」

寧志健覺得當下發生在自己身上的事簡直超現實得像電影，難以置信，他希望這只是夢境。

才不過十分鐘前，他還在上學途中，經過一排排還沒開門的海味店門口，從門縫滲出曬乾的香菇、鮑魚、花膠、海參、鹹魚等混雜的香味令他精神為之一振，耳邊響起電車車輪和路軌摩擦的清脆聲。

這個早上很美好，他正閱讀投射在眼鏡鏡片上的早晨新聞，學習這種邊走路邊看新聞的本領時，一架灰色客貨車突然從橫街衝出，停在他身邊。兩個身材健碩戴上口罩的彪形大漢從車門跳下來，動作很快很利落，活脫就是黑幫分子的架勢，伸手要把他抓著。寧志健暗叫不妙，準備轉身逃走之際，身後又不知從甚麼地方冒出另外兩個健碩的大漢，同樣一身黑衣。他肚子吃了兩記老拳後，四人同心協力用很熟練的手法把他迅速抬進車裡，再給他套上頭罩，綁起手腳，然後展開盤問。

被捕過程前後大概不用半分鐘，快到他根本看不清他們的臉，只在電光火石間窺見他們凶狠的眼神盯著他不放。這些傢伙不是他平常會碰到滿口粗言穢語的惡人那麼簡單，而是有江湖背景，甚麼壞事也做得出來。這回他遇上大麻煩了。

——會有人來救我嗎？

視力被黑暗和恐懼吞沒後，他只能透過傳遞到他身上的力度去感受客貨車慢駛、轉彎、加速等變化，也聽見車上的人說：「大家都是跑江湖，我們要先好好說清楚。這話我只說一遍，你仔細聽好了。」說這話的人聲音沙啞，口吻不急不緩，一聽就知道是擔綱首領的狠角色，叫寧志健想起在電影《無間道》裡的韓琛。

就在寧志健以為「韓琛」要說「一將功成萬骨枯」那句經典台詞時，豈料聽到的卻是：「我們只是受人錢財，替人消災，和你並無過節，不想向你嚴刑迫供，雖然我們是專家，熟悉好幾百種虐待方式，但整個過程很浪費時間，你也要白受皮肉之痛，何苦呢？只要你告訴我們圖像密碼，確定沒錯後，就馬上把你放走，絕不和你為難。你明白沒有？」

這種爛對白寧志健不知在電影裡聽過多少次，願意合作的人都沒有好下場——不是被背後開槍，就是給裝進麻包袋裡丟到大海餵魚。

——不，海裡已沒有多少魚了，你拋屍體下去，只不過是污染海洋！

——託電影之助，現在跑江湖的，不論是老叔父還是小混混，都會講幾句銳利的台詞，有些對白更不比電影上的差，就是不再講道義！

寧志健還沒來得及抗議，一股巨大的衝力突然向他襲來。在一陣天旋地轉期間，他給拋高，又跌下來。這套動作反覆了幾次後才停止。最後，兩件不知是甚麼的東西猛烈地砸在他身上，體內馬上有甚麼東西裂開似的，叫他痛入心脾，無法阻止自己發出低沉的呻吟。

他也隱隱發現，剛才仍在奔馳的客貨車，已經停了下來。

——看來車遭撞倒，翻了好幾圈，最後躺在馬路上動也不動。

——實情是不是這樣？

他無法好好思考，腦海裡唯一的想法就是趁機逃走，這是大好機會。

然而，胸口一陣前所未有的劇痛，讓他自忖受傷不輕，別說手腳被綁，就算沒綁，他也未必能活動自如。

他深呼吸時，更感痛苦加劇。

——媽的，我一定受了很重的傷！到底是甚麼傷？

可是，漸漸地，呼吸變得益發困難。

生命，好像悄然流逝……

不可能這樣，他不應該這麼快就死去。他在以自己為主角的故事裡，才登場二十年，是剛準備大顯身手的大學生，家裡仍有事業尚待完成。

他暗叫不妙，想爬起身來，可是實在不行，身體力氣幾乎全失。

——怎會變成這個樣子？難道我真的要就此死去?!我不能莫名其妙地死去！

他隱約聽到不知是救護車或者警車的鳴笛聲時，心想等下就會有人來救他。他甦醒來時會在醫院裡，警方會告訴他發生甚麼事，最好是個漂亮的女警。

目前的一切困境很快就會變成過去，成為他平凡人生不平凡的部分，成為他和友儕分享的話題，讓他向異性高談闊論時看到她們一雙雙睜得很大的眼睛。
只要再忍一陣，很快就雨過天青。
他失去知覺時滿懷希望。

案發現場是港島西環的高架天橋往灣仔及中環方向，撞向客貨車的是經改裝的最新款保時捷跑車，價值超過二百萬港元。全港只有不足十架同一款式的車。

保時捷的司機被鎖在扭曲如廢鐵的車身裡，臉容已爛至難以辨認，當場證實死亡，身上無任何身分證明文件。

救援人員花了四十分鐘才打開變了形的客貨車車門。車內六人都受重傷，四人已停止呼吸，其餘兩人在送院途中傷重死亡。

寧志健理應豐盛的生命，在二十之齡結束。
幕提早落下。既急促，又突然。
他臨終前的期待全部都無法實現，死得很不安寧，也不瞑目。
他不知道，有些人的人生，要在死後才變得精彩，甚至乎，真正的人生要在死後才正式展開。可惜，他們在生前往往並不知道。
寧志健的人生會在另一個世界延續。

CHAPTER 01

第一部

銅鑼灣1911

我．無盡的逃亡

大大小小的半透明廣告牌像魚般在眾人頭頂上空緩緩飛行。說是魚而不是鳥，在於這世界看來像個巨大的魚缸，放置了太多不自然的人造物，又或者更像一個先進無比的城市，因海嘯或地球暖化等大災難遭沒頂後沉到三萬呎深的海底。

街上遊人眾多，如在海床上匍匐而行的深海生物，冷眼觀看奇形怪狀的高大建築，和既像風又像暗湧般流動的電子訊息流。

網絡世界裡的香港，超真實的銅鑼灣。

「有人說，這裡才是貨真價實的銅鑼灣。外面那個用磚頭、水泥和鋼筋建造的才是假的，只是模擬的。為甚麼？磚頭銅鑼灣裡提供的功能，網絡銅鑼灣無一遺漏。反而網絡版裡有的，不見得在磚頭版裡找得到，就像和式建築的大丸、松板屋、三越等日資百貨公司、維多利亞公園裡的千鳥園、外形是古典唱碟機旁邊有隻三層樓高白色巨犬巡邏的 HMV 等。現在的趨勢是『網絡先行』，先在網絡裡建立原型（prototype），站得住腳了，找到顧客了，證明其商業模式經得起市場考驗後，投資者才會在磚頭世界裡重建，甚至百分百模擬。」

我不知道真實世界和網絡世界之間會有甚麼區別，反正，我沒去過真實的銅鑼灣——我根本沒辦法去。

我只是一介人形軟件，只存活於網絡世界裡。這個電子宇宙就是我的全部。

正跟我在大街上並肩而行說著一番大道理的美女，是配對公司利用大數據為我找來的對象——正確來說，是為我主人找來的。綜合了兩人的智商、性格、性向等先天條件，再加上興趣、學歷、收入（主人的暫時為零）、工作（全職學生）等後天因素，配合度達78%，中規中矩，不過不失。

主人說不妨一見，他當然講得輕鬆，去見她的，是我這人形軟件——好聽的說，是他在網絡世界裡的替身；坦白的說，就是他的打雜和替死鬼——而不是他本尊，絕不會浪費他一秒寶貴時間。最近幾天他很忙，很難才能跟他聯絡。他現時大概在床上大字形睡大覺爭取休息。

美女也一樣，來見面的也不是她本尊，而只是她的人形軟件。

「美女」這叫法，只是讚辭。我無法判斷美醜，畢竟，我只是人形軟件，可以模仿主人的思考方式，卻無法學習他的審美標準。根據人形軟件公司的設定，我對美醜的界定只是進行數字上的比較，就是三圍和身高比例、臉上五官的大小和距離、面形的長短寬窄和膚色的深淺度等。面容辨識技術懂的就是這麼多。

而我旁邊這位美女的膚色、面形和眼睛大小三項數目和網絡上87%的女性一致，表示她在普羅大眾的美學標準裡屬於中上水準。不過她再漂亮，也不表示這張臉和主人的一模一樣，也許是略為修改，甚至是完全虛構。我只能從她言談和學識判斷，她有 95% 機會是大學畢業多年、三十歲以上的人。

美女大概見我陷入沉思，思緒不知飄到甚麼地方，問：「你怎麼沒多話？害羞？」

我反問：「我只是人形軟件，怎會害羞？」

「如果主人害羞的話，他的人形軟件自然也會害羞。」

我糾正她，「為了增加人形軟件之間的交流，可以忽視這項主人特質，變得侃侃而談。妳也有這功能吧？」

「對，但你又怎會這樣少話？」

「如果現在和妳談笑風生，好不愉快，到我們的主人出來見面時，兩人竟然沉默如金，相對無言，到時的情況會很古怪。」

「算了吧！那是人類的問題，與我們無關。這年頭的人類都不習慣面對面講話，中間非要隔著個網絡或者手機的，或者委派我們這些人形軟件做先頭部隊探聽風聲。也有人根本不喜歡結婚，或者，只在網絡世界裡結婚，甚至和虛擬人物，或者買個真人大小的玩具娃娃回家結婚。人類早晚會滅絕。我們甚麼也幫不上忙。」

「妳說的話只適用於東京和香港這些超級大都會，發展中國家的人仍沒去到這個地步。」

美女的表情顯示她不同意我的說法。

「只是遲早問題。這是超級大都會下的人性疏離，一旦他們像我們般完全被高科技包圍和入侵，也就無法倖免。人類的哀歌是自以為控制科技，其實反過來被科技控制、玩弄。」

我點頭，她的話完全正確。不過，老實說，我真的很懷疑配對公司怎會給主人找上這樣一個悲觀的女哲學家。美女打從一開始已發表一篇篇洞悉世情的見解，沒說過一句俏皮話，著實叫人吃不消。

主人的生活已經夠忙了，忙學業，忙家裡麵店的工作。他只是想找個女伴，聊天、逛街，雖然言明喜歡女生有腦袋，但我相信女哲學家例外，否則本來就沉重的生活壓力肯定百上加斤。

我不該再浪費時間在她身上，是時候抽身而出。

「不好意思，我有另一個約會。」我拋出一個不怎樣高明的藉口。

她沒有停下腳步，「我明白。所有和我約會的，不管是真人或者人形軟件都絕不會超過十分鐘。你算不錯了，和我聊了九分五十秒，是至今最長的紀錄。」

「不好意思。」我連連道歉。她的笑容仍然燦爛，看不出到底是她主人本就如此，或者是人形軟件本身的設定。

「放心，『立食時代』嘛！我被拒絕，總好過我主人被拒。當面被拒更為難受。」

她身後的立體互動廣告繼續變幻，最後在配對公司的立體廣告定格：在黑白的茫茫人海裡，一男一女的上班族，衣著一紅一藍，從左右兩邊向中間走近，再變身白馬王子和白雪公主相擁。那女的不知是誰，但男的卻是我。沒錯，是我主人給我設定的容貌，和他本人有點出入，但像真度達95%。互動廣告把我的容貌抄下來，用Deepfake技術插進廣告裡。這種新時代的宣傳產品效能極高，現實世界正引進同類型的互動廣告。

網絡先行嘛！

和美女分手後，我回過頭來，目送她孤獨的身影遠去，在人群中消失。她大概已走進最近的光柵裡。

光柵，就像漫畫裡的隨意門，可以把你送去網絡世界的其他光柵，大大打破地域限制。現實世界受物理所限，大概永遠也無法建構出同類的產品。

光柵雖然可以把你送去很多地方，卻無法把你送到愛人的家門。我為美女感到一陣心疼。在偌大的網絡世界裡，即使通過強大的配對搜尋引擎，也無法找到願意瞭解自己的靈魂伴侶，這是何等孤寂！在她身邊的，只有她的人形軟件，也就是她自己，簡直是顧影自憐。

我同意美女的人形軟件的話：科技無法治療寂寞……不，說這話的不是她，而是我自己。我覺得自己也開始變成哲學家，不，應該說，我的主人早晚會變成哲學家，畢竟，我只是他的複製品。

我們人形軟件是主人在網絡世界裡的分身，舊一點的說法，就是「數碼代理人」（Digital Agent），打理他在網絡上的一切瑣碎雜事。他不可能一天二十四小時都掛在網絡上，他要上課，要睡覺，要吃喝拉撒。可是，網絡世界卻像他的心臟般一年三百六十五日每天二十四小時營業，不放假，不休息，不打烊：

1. 網絡拍賣每分鐘都有新出價。
2. 每天都有新電影新音樂新遊戲新軟件可供合法或非法下載。
3. 遊戲裡的互相廝殺永無止境一直打到血流成河天昏地暗日月無光。
4. 每天都有新的異性符合閣下的擇偶條件，也需要探子去挖掘對方的背景資料，此乃人形軟件的「殺手級應用」。就像剛才的情況。
5. 你在社交網站上的戶口每天都可能有數以百計的朋友發表失戀宣言，並希望你的親切留言能撫慰他們的弱小心靈，好讓這個人口早已過多的弱小星球可以繼續臃腫下去，資源進一步被榨乾，繼續朝世界末日努力邁進。

網絡世界之大、活動之頻繁、所需知識之廣、所要花費的時間之多，早已超出一般人的能力和體力範圍。自從網絡面世起，不少用家已患上「網絡不能自拔症」，或稱「網絡依存症」，必須長期把心神甚至靈魂寄存在網絡上才能稍稍紓緩病情。我們人形軟件因此應運而生，好讓人類能從網絡解放出來。特別是那些長時間在辦公室裡拼搏的事業型女性，即使崇尚自由沒有結婚打算，也需要人形軟件幫她們結識年輕的男性，作生活上的調劑，或為她們搜羅適合的錦衣華服，穿出個人風格。

人形軟件面世雖然才六個月，卻已經成為網絡世界一股不可逆轉的潮流，準備發動另一波改變網絡生態的革命，很多趨勢專家說人類的精神面貌從此會大大改觀。

六個月前乍見主人時，我只是個剛開封的人形軟件。除了原廠的基本指令和程式外，腦海一片空白。新鮮的身體呈半透明狀態。主人除了是我的主人，也是我的學習對象，終生的學習對象。只有每瞭解他多一分——不，不只是純粹瞭解——還要和他思考同步，身體才會著色，才會變得具體。

根據設定，我要花起碼一千小時日夜追隨他，瞭解他的背景和興趣，學習他的思考模式，特別是決策的方法。幸好，主人有寫日記的習慣，經過仔細爬梳和鑽研，我在八百多小時後已抓到他的思想脈絡，用人類的語言來說，主人雖然擁抱傳統價值觀，卻富創造力和革命精神。勇於嘗試，偶爾更會有驚人之舉。

除了追隨他的行動和學習他的思考方式，我更會像軟件設計裡的「理論根據」（rationale），直接發問「為甚麼要做這選擇？」。他每個決定背後總有個原因，也許不只不為外人所知，自己也毫無意識。人的行動，有時和他的思考未必一致，以達成某種形式的偽裝。

人類，實在是心理非常複雜的動物。

一旦我掌握了主人的思路，很快就可以上場發揮所長：

1. 告訴他要買的貨物已推出或降價。
2. 提醒他雪櫃裡的食物快將到期（要結合物聯網）。
3. 提醒他要準備約會、如何打扮、乘搭甚麼交通工具最快捷或最舒適。
4. 競投拍賣場上的產品、代他出價、決策。
5. 甚至乎，當他上課或睡覺時，暫時頂替他飾演網絡遊戲上的人物角色，有時甚至參與戰鬥（他其實較喜歡親自披甲上陣，但有時我難免被迫迎戰）。

我的所思所想，都要參考自他過往的經歷，忠於原著。我不單是他最親密的戰友，我根本就是他。他在我面前沒有祕密，正如你不會對自己有祕密一樣。我們同悲同喜，感同身受。

所以，他喜歡的女生類型，我一清二楚。只要能過到我這關的女生，就必定和他是絕配。

在工作上，我是他。不過，在精神上，我只是他的影子。他需要結識真正的朋友，也要找出他的靈魂伴侶，和有血有肉的人為伴。說穿了，我們人形軟件只不過是個幻影，只是網絡世界裡的鏡花水月。

不過，人類還是愈來愈依賴我們。

人類社會本身就是一個有機體，會自我演化得愈來愈複雜，有時我覺得人類要以血肉之軀去和這個充滿非理性和不合乎邏輯的世界打交道非常辛苦，可是我們人形軟件對網絡以外的世界根本愛莫能助。

一陣警號聲響起，我的一線反偵察程式自動取得優先操作權。

根據環境資料的變化，它發現有人跟蹤我，而且不懷好意。

反偵察程式有時敏感過度，會發出誤警。我特意在幾條大街繞了一圈，穿過好幾條人來人往的繁華大街，但仍無法甩掉身後那個披黑衣而且看不清容貌的男人。

說不定他根本沒有容貌！

這傢伙愈逼愈近，我身上其他反偵察程式同時發出警號，指出這個來歷不明的「人」，所有指標都是紅色最高警戒級別。

即使我只在繞圈，對方也一路追隨，毫不掩飾地跟蹤，明目張膽得驚人。

我不知道對方是何方神聖，是人類在背後直接操縱，或者像我般只是人形軟件要聽命於主人，或者是兩者皆非的人形炸彈惡意程式？

沒有廣告程式可以騙過我身上的偵察程式，但此時連它們都無法參透黑衣人。他比推銷公司的廣告程式更討厭，更緊貼我背後不放，不懷好意，而且懷有敵意。

我頭也不回，穿過在實體世界裡是銅鑼灣地標的時代廣場，經過從未進駐過現實香港的高島屋百貨公司和紀伊國屋書店，和成千上萬真人假人擦身而過。

偵察軟件警告：「對方有異動，請準備。」

準備甚麼？怎樣準備？要反擊嗎？我開始後悔怎麼不添置些像樣的武器，現在身上只有最簡單的攻擊武器，也就是路人甲乙丙都有的那些普通不過的陽春程式，反擊個屁？

我身處的是網絡世界裡的銅鑼灣，是集商務、玩樂、金融於一身的黃金地段。每呎地價不遜於真實的銅鑼灣（或者說真實版已今非昔比，連網絡版也不如）。一個網絡炸彈如果爆炸，必然會引起網絡塞車、交易停頓等大災難。是以這一帶的網絡保安異常嚴密，滴水不漏。

沒有駭客敢不顧後果貿然發難，大前提是，沒人能輕易得手。

可是身上幾個偵察程式再同時發出危急警告。

它們給我的綜合建議只有一個字，和一個標點符號。

「逃！」

在「台北冠軍牛肉麵」、「明星級整容手術」、「股神傳人價值投資必勝法」和「超完美情人配對」等林林總總的廣告形成的招牌森林下，我再次注視黑衣人，只見對方揚手，向前一擲。

——太快了，根本看不清楚，簡直就像武俠電影裡常見的無影手。

一道紅光朝我劈過來，像充氣般不斷增大，很快變成一道光柱，再膨脹成碩大無比的紅色光球，幾乎比網絡世界裡的假太陽更巨大。

很多人也同時昂首觀看，好比欣賞百年難得一見的天文異象。不錯，這種狀況，不論在真實世界還是網絡世界都是奇景。

可是，很少人意識到危險，也許他們只視之為另類的市場推廣活動。

我猜想接下來會發生甚麼一回事：光球愈變愈大，最後向我滾過來，要考驗我的應變能力，就像冒險電影裡常見的橋段。

可是，我猜錯了。

光球沒有滾過來，而是發出一聲巨響後爆開。

爆出來的有好幾十頭猛獸，如獅子、老虎、野狼、黑鷹……等瀕臨絕種的動物，還有麒麟、龍、火鳥等超現實的動物。

牠們一邊發出怪叫或咆哮，一邊向我撲來。

即使身處的是網絡世界，但這種攻擊手法未免太漫畫化，不夠一本正經。

不過，定睛一看，百獸空群而出，所到之處，其後盡是一片闃黑虛空，連個骨架或者別的甚麼也沒剩下來。天知道我掉進那虛空後是一個怎樣的世界?!

我有備份沒錯，可是要對付我的話，對方會放過那個備份不理嗎？做得出這種數位黑洞的肯定不是等閒之輩。這很有可能是一場大規模的恐怖襲擊。

整個銅鑼灣陷入一片混亂，人和程式相繼逃亡。

網絡銅鑼灣難得如此不受歡迎。

我更加不敢怠慢，馬上拔足狂奔，幸好不到十步就是轉角，我趁機急急改變方向，閃進一條巷子裡。

回頭看時，百獸幾乎與我擦身而過，牠們一直向前衝，聽聲音似乎長驅直進到好遠好遠。

我探出頭來，剛才還人來人往的大街連同大大小小的建築物，變得一片漆黑，不是顏色上的改變，而是徹底消失在虛空裡，甚麼也沒有剩下來。

我從沒在網絡上見過這種級數的破壞力。這群怪物的攻擊真是衝著我而來嗎？我只是個平凡不過的人形軟件，我主人也只是個平凡不過的年輕人，不可能惹上這種級數的仇家。

一陣怪叫又慢慢逼近，籠罩整條街。

百獸剛才不錯是向前衝，但其中一隻鳥竟然轉向，去而復返，朝我身影追來，大群禽獸於是馬上改變方向，緊隨其後，向我撲來。

——他媽的，是甚麼回事？牠們好像真的針對我！

我雖然能多工作業，但資源有限，身上好幾個偵察程式都忙個不停，一時間找不出那猛禽的名堂：似鷹，但體形大得多，全身被一團金黃色的火焰覆蓋。

我的記憶庫終於彈出「火鳳凰」的條目。

牠一雙像要看透我的眼睛，雖然沒射出死光，卻緊盯著我不放。

我又要拔足逃跑，可是禽獸們也從後追趕，而且以高速愈逼愈近。

我前面的人同樣驚恐不已，如潮水般向前衝湧。

據偵察程式估計，我再走不了二十三步就會被吞噬。

我絕不能被這群動物踐踏，或者追到，否則可能死無全屍。

我關掉所有偵察程式，以便集中火力到雙腿上，並切入了三倍速的加強模式奔跑，但雙腿比起猛禽的雙翼仍然慢得多了。

幸好，前面就有一道光柵，一道可以通往網絡世界任何地方的光柵。我相信沒有地方會比這裡更危險。

我和光柵之間堆塞了七個人，七個高矮肥瘦各不相同的男男女女，是潛入網絡世界的人類而不是人形軟件。雖然他們也察覺危機將至，但反應肯定比我慢得多。

為求自保，我暗暗唸了聲「罪過」後，用盡全身力度向前猛衝，壓過那七個人的上半身——反正他們也不會給壓扁，而且他們即使死，也能復活。我的情況則複雜得多了。

我搶進光柵時耳後生風，猛回頭，映入眼簾的，是一幅驚駭無比恍如末世的景象：街上的一切人景事彷彿給一個巨大的黑洞吞噬。剩下的，是最虛無的虛空和一無所有，就像人類文明至此終於告一段落，從宇宙這一宏大的舞台退場；而我，就是見證歷史終結的最後一人。

很快，我眼前一片全黑。不是猛獸來到跟前，而是我的身子準備撕裂、分解成數以億計的位元，好讓光柵傳送到別的地方。

只要能遠離一切吞噬，甚麼地方都行。

我甚麼也沒聽到。耳際一片寧靜。

我雖然看不見黑衣人，但他一定躲在不遠處，目睹這一切。

他到底是甚麼人？他明顯是衝著我而來，要置我於死地。為甚麼？

我不知道，但主人也許知道，可是我已經超過七十二小時沒接收過主人的訊息，這是甚麼一回事？難道他並不是在家裡睡大覺?!

身為他的替身，我在網絡世界遭人追殺，他在現實世界是否也遭同一命運？

我不知道在現實世界逃亡會是怎樣，以我有限的理解，在網絡世界裡，只要利用戲法，掩人耳目逃走並不是難事，但在那個服膺牛頓力學三大定律而不是網絡數據計算的世界裡，不但沒有光柵和駭客軟件可資利用，還要拖著沉重的血肉之軀，逃亡肯定困難得多。

不像我在網絡世界可以利用光柵逃走，他可以怎樣逃避殺手？難道他已遭遇了毒手，所以我才遲遲聯絡不上他？

可是，為甚麼會有人想殺他？他做了甚麼事？

——主人，你到底去了哪裡？安全與否？請發短訊給我。

剛才趁身體開始分解前，我發了個短訊到現實世界給他，希望他盡快回覆。

闇影．無盡的追殺

距離闇影前方大約十米的位置是個巨大的黑洞，面積比整個時代廣場還要大得多，所有掉進去的東西都會馬上消失，連聲音也不會發出來。

黑洞本來就是天文學上的名詞，裡面到底確實是甚麼，連天文學家都莫衷一是，但肯定不是好東西。網絡世界裡的黑洞也如是，成因可能是程式漏洞、蛆蟲，或者，遭到刻意的破壞。

自從近年環保恐怖分子肆無忌憚在世界各地發動襲擊以來，恐怖分子的破壞力不斷升級。眼前這種爆炸規模在真實世界裡只屬中小型，但在保密嚴密得多的網絡世界裡卻是大事，特別是網絡銅鑼灣。這是網絡香港的黃金地段，長期啟動保護程式，一旦有人意圖破壞，在出手前就會受阻——如果你不是高手中的高手的話。

剛才的猛烈爆炸損毀了好幾條街，裡面數以萬人被困，而且人數仍在大幅上升，連網絡銅鑼灣也要花時間去計算出來。有些在上空飛行的人特別停下飛行器，從高處觀看發生甚麼一回事，更不忘拍照錄影留念，方便在社交網絡上炫耀。

他們和網絡黑洞保持遠距離，以免被吸進去，不然輕則被病毒傳染，重則就此煙消雲散。沒人想冒這險。

剛才那個破壞程式的爆炸力不是很強，但肯定很新，連保護程式也無法預防，防衛系統正為此收集數據。系統維護程式則以緩慢的速度把受破壞的部分從備份修復，從城市結構、大街的路面、指示牌、建築物的架構，再來是外牆、廣告牌等，一個層次接一個層次按部就班歸位。

由於範圍甚大，修復需時也很長，估計至少要花二十四個小時。街上告示牌如是說。

闇影不關心甚麼修復，他只在意是否已擊中目標。對方應該給徹底消滅了吧？只有肯定目標已給消滅，已給終結，或者其他和死亡相關的說法，才算功德圓滿。

然而，他仍不敢肯定。

才不過開了一槍，釋放了名為「百鬼夜行」的破壞程式不過五十秒，幾乎摧毀了半個網絡銅鑼灣後，幾十個警察一擁而至，圍繞在闇影身前。他們制服上的 POLICE 字眼閃閃發亮。

這幾十個警察沒有一個是法律認可的執法者，不過是獲授權的網絡管理人員，其中一半是人工智能程式，另一半是志願人員。

部分義工由於在現實世界裡想成為警察不遂，所以才在網絡上穿起制服，在心理上自我補償，過過癮頭。

闇影不怕這些三打六，也不理會。

這時，另一個闇影登場了。

這個闇影身上的顏色淺得多，呈半透明狀，從遠方走來，穿過闇影的真身，眼睛直盯緊前方某一點，然後拔出槍來，狠狠發射。一聲極刻意也具戲劇效果的爆炸聲後，前面的大半條街很快成為黑洞。

而闇影要追殺的目標，也是呈半透明狀，好幾次幾乎逮到他，不料他身手敏捷，不只逃到三條街外，也剛好來得及搶進光柵裡。

「案件重演」完畢。

幾十個警察從前後左右和頭頂上方把原裝正版的深色闇影重重包圍，有些還掏出相機，拍個不停。他們七嘴八舌道：

「看你做的好事。」

「你用的是甚麼武器？」
「別講太多了，把他押下來再說。」
「乖乖就範，隨我們回去。」
「可是，去哪裡？」
「我們有警局啊！」
「那只是玩的，作不得真。」
闇影心想這堆傢伙真是垃圾，不過是穿起制服自我陶醉，便道：「我知道你們要去甚麼地方。」
「哪裡？」他們異口同聲反問。
闇影沒答，不屑的撇撇嘴角。
他很快拔出手槍，手法之快，幾乎無人看得清楚，也無法來得及反應。
他朝前後左右頭頂連珠發射出一道道密集的紅光。被擊中的人馬上靜止，再也無法動彈，像被點穴似的，有些仍舊站在地上，有些懸浮半空，有些甚至只剩下半截身軀，自我防衛程式不同，反應也不同。
這個群像仿似一幅立體照片，當中一些主角雖然能動，但都只是慢動作。
——不堪一擊。

闇影無意和他們糾纏，繼續追殺目標要緊。可惜對方已經跳進光柵，不知逃去甚麼地方。

怎說也好，先離開這裡再說，人多就麻煩了。他毀了網絡銅鑼灣的地標，沒有人會放過他，必定對他窮追不捨。

他環顧四周，附近已空無一人，有的只是殘存在網絡世界裡的影像，根本已和現實世界失去聯絡。

他啟動隱身程式，變成隱形人施施然離開現場。

要在網絡世界隱身，不比現實世界的隱身簡單。

網絡世界嚴禁把本身的顏色變成隱形或透明（未開封的人形軟件例外）。隱身程式除了要干擾偵察程式運作，還要偽造光線的折射，誤導視覺程式，讓人看來隱形，中間涉及大量複雜的數學運算，會明顯減慢在網絡世界裡的移動速度。

不過，這不重要。

闇影的首要任務，就是好好離開現場。他已布下天羅地網，那個目標無論如何也無法逃出他的掌心，就讓那傢伙再存活多幾個小時吧。

他可以等待。

東亞之狼．疾風與狼

現實世界。地球的另一面。

北非，摩洛哥。

躺在床上的狼聽到電腦叫聲時，也同時聽到喚拜的聲音。祈禱是回教徒的人生，他們一日做五次禮拜，視乎身處所在地和日出時間而有所不同。

狼雖然仍有睡意，但迅速爬下床，喝一口薄荷茶提神。睡在另一張床上的疾風也同時醒來，腳還沒離開床就伸手去抓煙盒。狼不喜歡疾風在床上抽煙，萬一燒到床單就麻煩了。

早上六點零五分，他們只睡了好幾個小時，但很快進入備戰狀態。

闇影終於找到目標，發動了他們期待已久的攻擊。

網絡銅鑼灣遇襲的新聞片段投射進室內，立體版，影片裡的繁華市區看起來就像最新一集《刺客教條》（*Assassin's Creed*）的場景。

狼和疾風看了不同來源的新聞一遍又一遍，用不同角度重播，對造成的大範圍破壞很是滿意。

狼呷了口薄荷茶，再以首領的身分和語氣道：「對方大概很快就會行動。」

疾風一臉狐疑說：「我一直懷疑是否真的有對方。」

雖然說的事情要保密，但附近應該沒有甚麼人聽得懂烏克蘭語。

「當然有，不然那筆錢去了甚麼地方？」

「我認為那傢伙是單獨行動的孤狼，沒有同伴，就和那些一個人去學校亂槍掃射或者開貨車衝向人群的恐怖分子沒有兩樣。」

「可是單獨行動的話，要圖像密碼幹嘛？」圖像密碼太專業了，狼不認為一匹孤狼知道怎樣用，更別說怎樣去破解。

疾風聳肩。「也許只是貪玩，駭客都很有好奇心。」

狼不同意，他一直自認比很多人更瞭解何謂長遠戰略。「為了我們的未來，最好祈禱他不是單獨行動，而是有同伴，而且會浮出水面。不然的話，我們這幾個月的行動完全白費。」

疾風無意和他爭辯，幽幽地吐了口煙後，輕輕說了句本地人常說的話：「你可以向阿拉祈禱。」

狼討厭疾風輕佻的口氣，但不會輕易發作，只是含著怒氣，推開門走到室外呼吸新鮮空氣。

他們身處阿拉伯世界，《一千零一夜》的原鄉。這裡是伊斯蘭世界千年古城馬拉客什（Marrakech）。大部分建築都是由紅泥磚砌成，所以城市看來一片紅。

狼剛搬來居住時，很不習慣到處都是回教徒。他們每天禱告五次，幾乎每餐都吃羊肉，服裝簡直就像住在別個星球一樣，不少女人都把自己包得密密實實，臉上只露出一對眼睛來。他看見一對對漂亮的眼珠，不免猜想對方可能是個絕世美女，很有衝動掀開她的臉紗一窺究竟，可是下手的話，輕則右手被砍掉，重則被亂石砸死，那女的即使是受害者，也會違反被男人看到臉孔的伊斯蘭戒律而被家人驅逐或遺棄。

不過是一張臉，為甚麼不能讓人看見？

她們在網絡上則較能放下身分，也比較暢所欲言，而且並不排斥外國人，但只能和外國人在網絡上暗通款曲，始終見不得光。其實早在摩洛哥還是法國殖民地時，當地婦女已和殖民者通婚。狼住的 riad（即摩洛哥的傳統房子）房東一臉法國人的樣子，其實體內混合了法國人、阿拉拍人和巴巴人（Berber）的血液。他的家族史便是摩洛哥數百年來的歷史。

狼覺得伊斯蘭世界比網絡世界更令人難以理解。而他永遠也不屬於這個地方，只是一個過客，一個異鄉人，就像科幻小說作家羅伯特．海萊因（Robert A. Heinlein）的《異鄉異客》（*Stranger in a Strange Land*）。那書是他年輕時讀的，一直放在家裡的書架上，但沒有帶過來。

其他在摩洛哥居住的外國人，以法國人最多，畢竟此地曾是法國的殖民地。宗主國撤退後，國家一度陷入內戰邊緣，經濟始終沒有起色。穆罕默德六世（Mohammed VI）即位後展開新政，大刀闊斧改革，國家向西歐靠攏，爭取在定位上脫非入歐，逐漸發展起來。雖然南部地區的政局仍然不穩，仍然是國家的傷痛，但國家的未來終於露出曙光，而且，總比狼的祖國烏克蘭好得多。

他和疾風都是在東歐變天改革後出生的一代，沒經歷過共黨的統治，不知道老大哥到底是甚麼東西，也沒領教過蘇聯的「國家安全委員會」（KGB）的厲害。然而，蘇聯倒台後，俄羅斯始終想做老大哥，KGB 被「俄羅斯聯邦安全局」（FSB，全名 Federal Security Service of the Russian Federation）取代。普京曾在 KGB 工作，後來更任 FSB 局長，內政和外交仍然是鐵腕手段。克里姆林宮甚麼事都敢來，二〇〇八年中國奧運會時，普京人還在北京出席開幕典禮，背後卻安排軍隊入侵格魯吉亞的自治洲南奧塞梯。短短不到兩星期的戰爭，死傷人數超過三千。二〇一四年，俄羅斯更吞併克里米亞。

幾個月前，俄軍出兵攻打烏克蘭，歐盟懾於俄國軍力強大，除了空洞無比的抗議，甚麼也沒做。俄羅斯覬覦烏克蘭的天然氣已久，掌握了這龐大的天然資源，等於手扼中歐多國的咽喉，操控他們的經濟命脈，破壞他們的政治穩定。

有敵意如斯的俄羅斯為鄰，難怪烏克蘭幾十年來人口一直下降，即使當地的資訊科技產業水平甚高，西方的軟件公司也不會貿然來開公司，而是提供移民機會，把精英挖走。

狼不是去軟件公司工作，但也決定不再活在虎口下。地點當然離俄羅斯愈遠愈好。

「那去甚麼地方？」疾風是狼的大學同學，以駭客技術高超見稱，閒著沒事時，便和世界各國政府的網絡大軍打些小仗，增加自己的實戰經驗。

「中國怎樣？」狼提議道。「要賺錢，去中國！」

「你會中國話嗎？」

「可以學呀！你可知道現在全世界有多少人學中國話？三十億啊！三十年後，中國話就世界通行。」

「我已經二十多歲了，學一個新語言不知要花多少年。電腦語言的話，三天就能上手。」

疾風自負地道。即使在唸大學時，狼也不是常常在學校裡見到疾風。和其他駭客不一樣，疾風雖然沉默寡言，但對女生很有辦法。即使停電時，這傢伙也能在女生宿舍來去自如，反而在男生宿舍經常迷路。

「你可以跟軟件學啊，半年內保證可以講一口流利的中國話。」

「怎麼不見你學？」

「我還在學法文。」狼答。他沒說的是，他喜歡法國電影，更喜歡優雅的法國女人。

「你想去法國？」

「不，西歐的物價太貴了，我們回非洲吧！從那裡往返歐洲也很方便和便宜。」

「甚麼回非洲？我們根本沒去過非洲。」

「我們的祖先夏娃，來自非洲。我看過文獻，她叫『線粒體夏娃』（Mitochondrial Eve）。」疾風爽快答應。一天前 Viber 群組上流傳他搞大了女生肚子的傳言似乎是真的。狼覺得自己抓對出擊的時機。

一個月後，他和疾風翩然來到摩洛哥的馬拉客什。

飛機快要降落時，狼在窗外除了發現繁華的新城外，還能見到一座紅色的城市。機師透過廣播告訴大家說，這就是有千年歷史的舊城區。

疾風探頭過來，皺起眉頭道：「乍看還以為是中古電腦的底板。」

「你這想法蠻有趣。我們就是來這個看來像電子線路的地方，建立全球最厲害的駭客組織。」狼意氣風發道。

「來這種落後地區？」

「進城後，你就知道我挑這裡的原因了。別給它的外表騙過，這裡一點也不落後。」狼把看了一半的航空公司雜誌塞進椅背置物架。「你以為我開玩笑嗎？我會用行動來證明我的認真和能力。」

如今他們頭頂上的是《一千零一夜》的星空，群星閃閃。狼輕易認出好幾個星座。天蠍座、人馬座、蛇夫座……北半球的星座幾乎兼收眼底，彷彿可以串連成一個長篇故事。

——我一定可以找到錢的去向。

——到時你就笑不出來。

狼想著想著，疾風也走出來透氣，臉帶笑意。

狼怒氣未消，但絕不讓疾風洞悉自己內心的想法。

「要不要去廣場找點東西吃？」

「好呀！」疾風點頭。

「走吧！」狼擠出笑容。

——我暫時還需要你在身邊，但總有一天，我會好好修理你。到時你別怪我冷酷無情。

天照．模特兒

在狼和疾風還沒去過的日本，晚上七點二十五分，天照剛從新宿轉中央線返回吉祥寺，乘一個OL下車時才終於找到空位坐下來，不料發現坐在對面的小學生目不轉睛地注視自己。

——難道自己頭上長了角或者臉上的妝出了甚麼問題？

臉蛋是她的謀生本錢，她不得不馬上緊張起來。

出於職業本能，她舉頭四顧，除了坐在對面的小男孩外，附近原來還有十來個男人（年齡從十三歲至五十歲）盯緊她。他們眼光裡除了隱含好奇、膜拜、貪婪（原因不明！），還有無可避免的色迷迷。在習慣低頭注視手機的時代，這情況很不尋常。

她才管不了那麼多，馬上拿出小鏡子來照照看。

沒有問題啊！一張臉孔仍然清麗，只是忙了一整天，被鎂光燈如閃電般轟炸，不只臉容有點憔悴，眼珠裡也隱約有點紅筋。

回家後，一定要好好做保養工夫！

她心念一動，對了，不是自己出了問題，而是出了廣告。

她給廣告客戶拍的全新一輯主題叫「summer home」的廣告就在今天隆重推出，大規模入侵網絡和手機，車廂裡這群視她如羔羊的餓狼一定不知在甚麼地方看過。

天照廣為人知的工作，是模特兒，是外人覺得可以長見識也能賺大錢的行業。

不過，實際的情況卻不一樣。名氣不一定能帶來金錢回報。

普普藝術家安迪．華荷（Andy Warhol）的名言「未來每人都能成名十五分鐘」早就已經過時。

網絡上，幾乎所有人都是名人，分別只是在於小圈子或者大圈子裡。像她這種臉孔幾乎人人皆知、但名字卻無人說得出來的名人，更是多如天上繁星，一點也不稀有。

模特兒這行和其他行業一樣呈金字塔的結構。真正賺大錢名成利就的就只限於頂端的少數人，大部分人只處於底部。好一點的，在中游位置。

和其他行業不同的是：身為模特兒的你，所在位置是從一開始就決定好，日後無論怎樣努力，也無法改變。

如果你第一天上班就是做手部模持兒（如示範手錶、戒指和指甲油等），以後就只能專注在此一方面；要是你從一開始接的就是小生意，日後也注定只能接小生意，永遠和大生意無緣。是大牌還是小角色，完全由先天決定，後天絕對無法努力。

日本重視圖像傳意，廣告只會太多，而不會太少。因此模特兒是個不愁工作量也不愁供應量的行業。如果你不願意付出努力的話，位置很快就會給後進取代。

以天照自己為例，從開始替休閒生活專門店拍廣告至今，三年來一直替同一個客戶工作。導演和拍攝仍是同一陣容。唯一不同的是她當年飾演穿便服的少女，為布置自己的房間而努力；今天她升級為飾演年輕的媽媽，不只為照顧兒女費盡思量，也要為丈夫精心布置一個安樂窩。她化好妝出現在攝影棚時，小演員在他母親陪伴下走過來，朗聲對她說：「媽媽好！請多指教！」

工作人員都笑起來。

想到這裡，天照向坐在對面的小學生笑了笑，他也報以笑容。好卡娃依啊！他長大了一定是帥哥，可以和她一樣做模特兒，不過，到時她已經是熟女了。

天照的客戶在日本全國有二十多間分店，近年積極進軍海外市場，目標是繼 UNIQLO 和無印良品後進軍國際市場。

她自然樂見其成，就像「母憑子貴」，模特兒也能憑客戶身價大升，希望自己也能登上國際舞台，成為國際級模特兒，登上跨國時尚雜誌的封面，不只是日文版，還有英文版、法文版、意大利文版……人，總要有夢想推動自己。

步出JR站後，天照見巨型大電視下站了好一大堆人，起碼有幾百個。

——他們一定是看我最新的廣告。

——不過，人數實在太誇張了吧！

她走進人群裡，相信沒有人發現廣告中的模特兒就在他們身邊。

可是，抬頭一看，卻不是她想的那一回事。

畫面裡的不是廣告，而是新聞，字幕令人怵目驚心。

香港銅鑼灣911！

香港網絡世界發生了大事。銅鑼灣出現恐怖活動，雖然沒有人真的傷亡，但地標時代廣場被炸毀，數以萬計程式受損，現正搶修中。原因不明。

還有新聞片段——其實已經是一小時前發生，勉強算是新的吧。

片段非常精彩，而且多角度，加上誇張的旁述，實在娛樂豐富。百獸撲出的鏡頭尤其精彩，簡直就和電影高潮沒有兩樣。圍觀的人把這新聞當成電影看，所以要站在大電視前面欣賞，否則誰會關心香港的網絡世界發生甚麼事？

然而，天照無心欣賞，而是給這大場面嚇倒。

她親身經歷其境過類似的攻擊。

一年多前，她和同伴向網絡上著名的獅子銀行發動攻擊時，見識過類似百獸撲出的驚心場面，叫她至今仍難以忘懷。

這種事她無法和其他人分享。

除了模特兒，天照還有另一個身分：駭客。

那時，她親身體驗的是「百鬼夜行」。雖然是獸和鬼的分別，但骨子裡的攻擊手法大同小異，都是很厲害的攻擊招數。

「警方表示仍在調查發動攻擊的人是甚麼來歷。我們也訪問了本地著名駭客，他們均表示對此一無所知，但絕對不會容忍外國駭客來港犯案。」

某香港黑客登上了電視畫面，當然不是本尊，而只是他的網絡化身：一個看來普通不過的年輕男子，衣著是日本街頭常見那些——難怪客戶常說香港是日本的文化殖民地，海外市場因此也是日本經濟翻身的救命符。

「這次攻擊行動在香港網絡世界的心臟地帶發生，等於向本地黑客下戰書，我們一定不會坐視不理，而是會向他們狠狠反擊。」

旁白繼續道：「至於怎樣反擊，他們不願透露，只說請大家等好戲上演。」

——反擊？差太遠了，開甚麼玩笑？

天照不是瞧不起香港黑客，她只知道「百鬼夜行」是連網絡銀行的防衛系統也擋不掉的招數。

——你們這些黑客連替對方挽鞋的資格也沒有！

天照・獅子銀行

一年多前。

凌晨兩點多，天照坐在電腦前，準備賺人生的第一桶金。

方法很簡單：打劫網絡世界上最大的電子貨幣交易機構，在英屬開曼群島註冊、香港上市的獅子銀行。

獅子銀行，不設分行，沒有櫃員機，也從來不刊登廣告，卻是網絡世界裡規模最大的虛擬銀行。其實也不只限於網絡世界，如果以其客戶量、市值和每日的交易流量計算，早已超越實體世界裡的同業，成為全球最大的銀行。

只要有網絡的地方，獅子銀行就能做交易，無遠弗屆，無處不在。有人說，當小孩子拿了出生證明後，父母親接下來就是要給他在獅子銀行開戶口，好準備他一生的理財計劃。獅子銀行的AI財務策劃師會提供顧問服務，不另收費。

獅子銀行客戶之多，分布之廣，早已超越國界。金融專家說，獅子銀行遲早會推出自己的貨幣，流通量可輕易超過美元和歐元的總和，甚至連發行債券也指日可待，投資專家指一旦發行將有可能取代美國債券成為穩健投資者的首選。

有志氣的駭客都以打劫獅子銀行為目標，不過，幾乎無一成功。

獅子銀行擁有傳說世上最穩固的銀行保安系統，而設計這套東西的團隊，本身就是最資深最內行最厲害的駭客，好以毒攻毒。

據說團隊的核心成員裡包括史上最著名——或惡名昭著——的傳奇駭客 Kevin Mitnick（生於一九六三年，被捕過程可參考下村努（Tsutomu Shimomura）的專書《Takedown》，由美籍日裔電腦保安專家本人寫出協助 FBI 逮捕 Kevin Mitnick 的經過；此外，還有記者 John Markoff 的駭客傳記《Cyberpunk: Outlaws and Hackers on the Computer Frontier》）。當然他早已改邪歸正，成立自己的網絡保安顧問公司 Mitnick Security Consulting。但在上個世紀八十年代，他肆意入侵昇陽、摩托羅拉、NEC 和富士通等大公司的電話或電腦系統，來去自如，成為美國政府眼中最該死的駭客，最後更動員 FBI 穿州過省來抓他。

其他團隊成員都是身懷絕技而低調的黑客。他們把獅子銀行的電腦系統建立得滴水不漏。大家都說即使能溜進美國國防部長的辦公室，也不見得可以跨進獅子銀行的正門。

然而，愈是厲害的保安系統，愈會燃起駭客的戰意，希望在駭客世界裡揚名立萬。

今天，就是這麼一個大好日子。

天照戴上眼罩、耳機和手套，加上體感系統，把自己完全投入網絡世界裡，在虛擬空間中行走。

獅子銀行門外有一片廣大的草地，她找了張長椅坐下，欣賞銀行聖獸巨大的身影和英姿。

每家金融系統都設立了自家的獨特防衛系統，甚至聖獸，視之為守護大神。

獅子銀行的聖獸就是它的標誌：聖獅。不是一隻，而是一群，大約有二十隻——必要時更可分身。牠們身軀龐大，和一架雙層巴士的大小相若，令人望而生畏。

牠們或坐或走，形成一道守護牆，而且固若金湯，沒有多少駭客武器可闖過。

聖獅體內藏有的反擊軟件也厲害得很。牠們發威時，不必撲出噬人，只要張口即可發射。很多意圖打劫的駭客，還沒嘗到甚麼甜頭，自身已傷痕纍纍。

不過，再厲害的軟件，也難免有漏洞。

天照手邊所有駭客軟件都準備妥當，整裝待發，隨時可以啟動，只要首領一聲令下，發出只有幫眾才能參透的暗號，她就會按照計劃行動，執行一早分配給自己的任務。

參與整個行動的人有多少，沒有人說得清。也許有一百人，一千人，甚至一萬人，或者，反過來說，也可能只有她一個：這次行動也許是政府和銀行界合作，要找出像她這樣有潛在破壞力的網絡罪犯，只是一個反駭客的陰謀。

就算可能遭暗算，她也不會退縮。為了刺激，也為了拿到一大筆錢，即使有風險也在所不計。何況她已設下了嚴密的防衛機制來保護自己。

她和組織聯絡的手機並不是她平時使用的手機，而是後備手機，是在歐美流行的「可棄手機」（disposable mobile phone），也是日本國內的違禁品。她去暗網購買，在新宿JR站的寄物櫃取貨。

比起只能撥電話、無法拍照也無法上網的第一代，現在的可棄手機功能可多了，反正價錢便宜，頻密替換也不會肉痛。

最重要的是，它可以保護自己的身分。將白天的她和晚上的她完全分割開來。

她不能讓人知道她的雙重身分。

兩個身分唯一連接之處，就是「天照」這名字，既是她的藝名，也是她在網絡上行走江湖的化名。

取這名字，在於真正的「天照大神」乃日本神道裡地位最崇高的神，一切神話由她展開。

場上。

她自然希望自己有一天也會像天照大神一樣強大，不論是在模特兒界，還是在駭客戰場上。

組織裡的上線不知道她在真實世界裡的身分。反過來說，她也不知道她的上線到底是誰，也摸不清他的底細。他們本來只是處於類似網絡金字塔銷售系統裡的上下關係，全從利益出發。

網絡犯罪組織的結構和恐怖分子沒有兩樣，並不是散兵游勇，而是如細胞分裂、各自獨立運作，辦事效率往往比跨國企業還要高，連大學管理系教授也紛紛研究其管理哲學。

她當初是出於好奇才加入，從打劫日本本土的商店開始，參與的行動一次比一次更具規模。

沒想到，幾個月後，就收到打劫獅子銀行的通知。

還有十二分鐘才到約定的時間攻堅。

如果打劫的是實體銀行，你必須在白天採取行動。如果對象是網絡上的商號，則不受此限制。網絡公司不打烊，24x7x52 不停為顧客服務，甚至不能為了系統維護而暫停服務，這只會表示系統設計出現問題。

因此，她不斷推測首領為甚麼要選這天發動攻擊，也許因為金融公司本身在進行內部維護工程（當然不會向外張揚），而可能出現為時極短的保安漏洞。

網絡打劫比在實體世界行劫來得容易。一切都是數位進行，只是程式的運作，不必荷槍實彈，不怕擦槍走火，不會傷及無辜。你的對手只是防衛軟件，你盡力攻擊甚至展開大屠殺把它們全部殺光也不必有罪惡感，警方也不會加控謀殺罪。

唯一的缺點，在於實體世界的犯罪會出現叫她神往的所謂「斯德哥爾摩症候群」，也就是電影《熱天午後》（*Dog Day Afternoon*）的主題：被挾持的人質對罪犯的理念產生認同，最後竟和罪犯合作，對付警方。

你在網絡上攻擊軟件，他們不會同情你，也不會投降，只會反抗到底，直到最後一兵一卒。

又過了五分鐘。

她仍沒有收到通知，沒有電郵，沒有短訊，沒有其他訊號。

「拿了錢後，妳打算幹甚麼？」

她身邊的一個男人問道，用的是兩人之間的私人頻道。他的日語太標準，很可能經過即時傳譯。他的外形不俗，屬美男子無疑，但真人也許和網絡版相差十萬九千里，天曉得！

他是今次分派來和她同一小組的戰友。

「還沒打算。」她本來不打算回答，但等得有點發悶，「哲學家羅素（Bertrand Russell）說過，如果你的人生還沒有甚麼志向，不妨努力賺錢，日後自然會想到。」

美男子點頭，「好像有點道理。」

「不過，我也許會開一間店。」

「賣甚麼？」

「不賣甚麼，只是助人圓夢，反正我有那麼多錢。那你呢？」

他大概沒料到她會反客為主，略為遲疑後才答：「我家做生意，暫時缺錢，希望這次打劫可以幫補家計。」

她聽了不禁噗哧一笑。

「怎麼？妳不信？」他問。

「你的供詞像被告向法官求情，可信度近乎零。」

他聽了也不禁莞爾。

「昨天是我生日，妳信嗎？」

「這麼巧？」她有點懷疑，不過還是說：「祝你生日快樂！」

「謝謝。」

這時，她收到一則訊息。

獅子銀行遇劫。

簡短而聳動的頭條，足以震撼整個世界，而且比地球暖化更貼身，有更大的迫切性。

可是，他們明明還沒有行動，手仍插在褲袋裡。

美男子也遲疑了一陣，似乎在讀新聞。等到他的頭再動時，和她面面相覷，一句話也說不出來。

她覺得他的疑問和她的一樣：他們被組織遺忘了嗎？他們的發達大計是不是從一開始就注定是春秋大夢？又或者，他們在最後關頭被放棄？

不，不可能，他們不可能棄用她，她是行動的關鍵，不，所有人都是關鍵。這次行動需要動員組織裡的每一個人，她不可能是例外。

難道他們趕不上整個行動，又或者，他們只是掩護大軍行動的小角色？

她想了好多好多可能，反覆細想，想了又想，一秒又一秒過去了。

「真不愧是組織，連在這最後關頭也擺下一道難題，只有聰明人才能參透。」美男子的話驚醒了她：「怎麼妳沒看出來？」

經他這麼提點，她馬上如醍醐灌頂。對，真是大膽啊！也許無法識破這道難題，就無法參與行動。笨的人，根本不會被組織賞識和吸納。

她的嘴角也揚起笑意。

沒錯，這則訊息，就是準備發動攻擊的暗號。

天照馬上精神抖擻，準備和戰友向聖獅展開全面攻擊。

CHAPTER 02

第二部

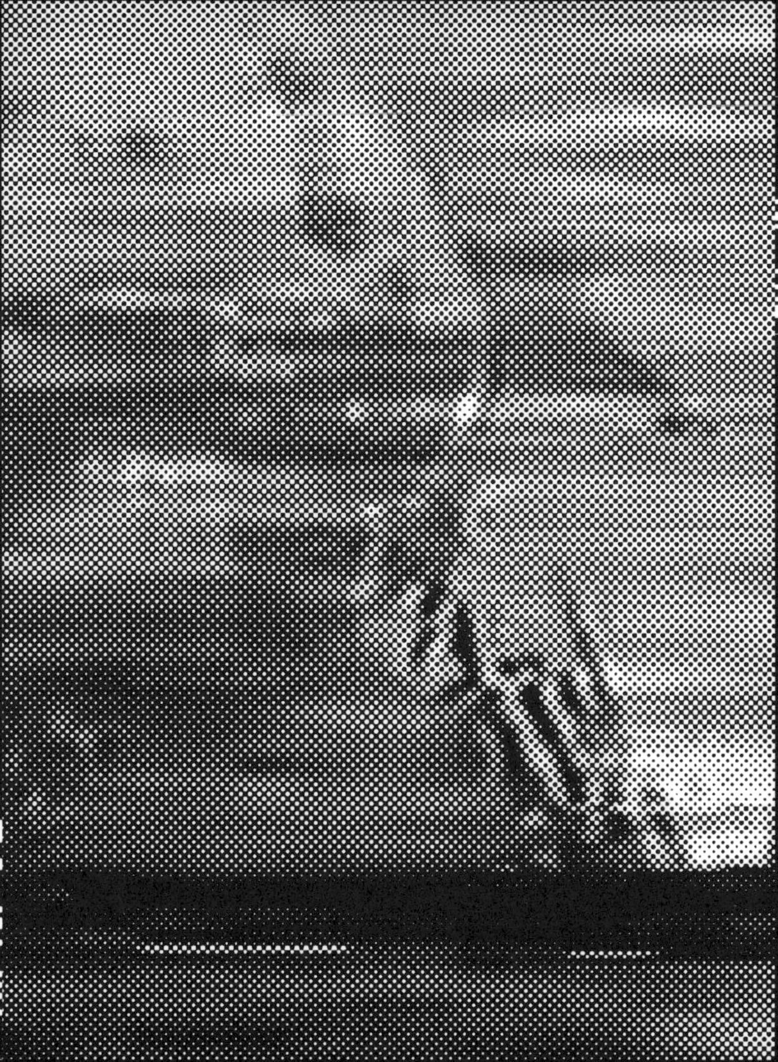

日記殺機

我．Lin．旺角

我的意識很快醒覺過來。

全身數以億計位元經過分解、傳送後，又重新結合，一一歸位。

我離開光柵。

傳送需時雖然甚短，大概不足十秒，但我已去到旺角。如果不用光柵，在網絡世界裡步行起碼需要一個小時。

主人仍然沒有回覆。

不過，和他失去聯絡早已經超過七十二小時，我本來就不存厚望。確定沒有人跟蹤我後，我鑽進附近一條小巷。

Lin 住在這裡，她的主人也真的住在現實世界裡的旺角。

我們的主人早在我為主人服務前已結識。主人從來沒有特別提及他們如何開始，也沒提及她的背景資料，大概是青梅竹馬的玩伴。

至於主人為甚麼在已有女伴的情況下，仍要我繼續在網絡上物色其他異性，他也沒有說明。

我因此私下拿她和主人做配對，得分只有五十多，難怪。這種組合在配對系統出現後根本不會再發生。

既然如此，主人為甚麼還要跟她繼續來往？這不符合投資回報，完全是浪費時間。不過，人類做事並不完全理性，非理性——他們稱為感性——的行為往往壓倒一切。

Lin 不是沒有優點。她不像剛才見過的女哲學家般理論和怨言多多，比較願意聆聽——不論古今中外，長舌婦永遠不受歡迎。

當下我不該想太多，我只知道，如果現時世上只有一個人可信的話，肯定非她莫屬。如果我無法從網絡世界聯絡主人，也許可以通過她從現實世界裡找到他。

不像網絡銅鑼灣盡是高科技的建築，網絡旺角看來顯得比較殘舊，比較粗糙，比較混雜，而且和現實世界一樣，也是黑幫橫行的地方。

各類在銅鑼灣不能見光的廣告，在這裡比比皆是。

我實在不明白為甚麼會有女子選擇在旺角這種龍蛇混雜的地方住下來，更不明白為甚麼她在網絡世界裡也要選址旺角為根據地！人類思考完全沒有邏輯可言。

「三，四。三，四。」

「真人示範，完全體驗。」

「超現實感受，無與倫比。」

除了幾個常見的小混混在我耳邊發出如喃嘸般的口頭廣告外——否則就不是旺角

了——附近一帶沒有任何異動，看來還算安全。

我經過幾條熟悉不過的街道，穿過某幢舊式唐樓的正門，踏過吱吱作響的樓梯，登上二樓。

她家門口也是殘破不堪，看不出裡面住的竟是個女孩子，也許，這也是一種自我保護的方法，起碼看來完全融入網絡旺角半正半邪的氣氛裡。

按鈴。

開門。

進去。

Lin 的樣子沒怎變，不像有些人形軟件般幾乎每個小時都會換上不同的髮型、化妝和服裝，我們認識至今她幾乎一直沒改變過外貌，簡直是稀有動物。

我有時甚至懷疑她是不是連變身程式也不會用，或者就是根本連變身程式也沒有。

她家裡的陳設也和上次完全一成不變。我記得。這裡徹底擺脫了旺角的江湖味，回歸純粹少女的空間，一般的少女陳設和玩意一樣不少。只是公寓很小很侷促，在網絡世界裡的空間相對現實世界較為寬裕的情況下，她竟這樣待薄自己，實在古怪得很。

不過，這些都不是重點。

我還沒有坐下，她已劈頭問：「你有看新聞嗎？網絡銅鑼灣剛剛發生了大爆炸。」

她順便示意牆身電視——不是立體電視——把這老古董跳到新聞頻道。

我以為她會重播剛才的新聞片段，不必了，現在有現場直播。

各種機械人正趕工修復網絡銅鑼灣，但由於損毀嚴重，數以萬計的住戶和商戶被破壞，據最新估計，起碼要四十八小時才能完成重組。

「有網民說，這是銅鑼灣的 911。」記者旁白補充：「暫時還沒有組織承認責任。」

剛才的情況仍殘存在我的視覺記憶裡，歷久不散，我猶有餘悸道：「我才剛從那裡過來。」

她很是驚訝：「你居然來得及逃出來？」

「說來話長，長話短說，這次襲擊是衝著我來的。」

「針對你？開甚麼玩笑？他為甚麼要對付你？」

「我不知道。」

「是不是你疑神疑鬼，或者誤會了？」

「不太可能。那傢伙吊在我後面走了好遠的路，就在我回頭望他時，他朝我開了一槍，結果就像剛才電視上播的一樣。」

她變出沙發——老天，仍然殘舊得不得了——示意我們坐下。

「你聽我說，冷靜聽我說。你是何方神聖？有甚麼值得人家大費周章來攻擊？」

我很冷靜。

我不是人類，只是人形軟件，主要用邏輯思考，不會被情緒衝昏頭腦。

「重點不是我是誰，我只是人形軟件，我主人才是重要人物。」

「你主人也不過是家裡開麵檔，是個賣麵的。」

「對，這才是問題所在。」

「賣麵有甚麼問題？難道有人想要他做麵的祕方？」

事情當然不會如此簡單。Lin的腦筋始終不太好，這點當然不能當面告訴她。我不能得失我主人的女朋友。

「我不想解釋太多。我只知道，我和主人失去聯絡已超過七十二小時，無論發多少短訊給他都沒有回覆，可否請妳的主人和他聯絡，叫他找我，或者通知他一聲，叫他小心自己在現實世界的人身安全，我怕他會出意外。」

她聽了，收起笑容，眉頭一皺。

我有不祥之兆。

我雖然是人形軟件，也有點直覺，會看人家的眉頭眼額。

她眉頭深鎖，來來回回踱了幾步才道：「我怕的是另一件事。」

「甚麼？」

「我也和我的主人失去聯絡超過七十二小時。」

我心頭一冷，準確的說法，是覺得記憶裡的資料亂竄狂奔。

「看來我的推想沒錯，剛才的襲擊真的是衝著我而來。」我不想下這個結論，但最後還是說：「我們的主人很有可能已經遇害。」

「我們主人做了甚麼事？」

「我不知道，但他們絕對不會無緣無故和我們失去聯絡。」

她的臉色馬上變得蒼白。

我原以為來這裡可以叫她幫忙，豈料事與願違。

我腦筋急轉彎，代入剛才追殺我的傢伙的立場，思考下一步行動，很快得出更不堪的結果。

「我們必須馬上離開這裡，對方遲早會找上門來。」

她大驚，「可是去哪裡？」

「甚麼地方都比這裡安全。」我拖她出門口道：「我們兩個幾乎赤手空拳，別說剛才那麼強大的攻擊，就算是稍有點武功的駭客，動根手指就可以把我們消滅……放心，我有個朋友可以幫我們度過難關。」

我一邊走，一邊想起主人的日記。看看裡面有沒有線索。

日記・拯救老店

我的第一篇日記。

要不是為了參加《拯救老店愛作戰》這個電視台準備製作的「真人 show」，我是不會開筆——不，敲鍵盤——寫日記。

主辦單位在官網上說，有感於本地很多老店實力驚人，賣的是地道不過、飽含本土文化的產品，而且往往只此一家，別無分店，可是不少經營者卻缺乏生意頭腦，經營不善，甚至後繼無人，只好關門大吉，令人大感可惜。

有見及此，他們決定找出這些瀕危老店，從計劃書裡挑出五間，以真人 show 的方式，讓各店經營者講述有望令其起死回生的故事，為期半年。每份計劃書可獲電視台及廣告客戶的一筆基金贊助。最後勝出者更可額外獲一百萬獎金。

對我來說，勝負並不重要。重要的是參加真人 show 本身已經可以替來記麵家打廣告，擦亮招牌，吸引區外食客。

介紹了節目，也要介紹我自己，不，應該先介紹來記麵家。

來記麵家位於西營盤，你乘電車時一定會經過，但卻不一定會發現它，因為店面很小，並不起眼，位於一幢五層高唐樓的地面。

如果你細心留意的話，其實不難發現它。西環電車路除了這一段仍有密密麻麻的舊式唐樓外，其他地方要不是被高級商業大廈佔據，就是被重建的豪宅取代。

來記麵家的招牌算光鮮，舊招牌在幾年前十號風球時險被捲走，後來被拆走。新招牌就像一般茶餐廳般採白底黑字，毫無個人風格，像老闆——也就是我老爸——凡事一派無所謂。

不過，如果你問老街坊的話，就算他們已很久沒光顧來記，也可以告訴你來記歷史非常悠久，在他們年輕時已經開業。

真正開業的年份，他們大概也說不上來。據父親說，來記麵家是上個世紀二次大戰後不久，爺爺年輕時從廣州隻身來香港後開的，大概是上世紀五十年代初的事。

爺爺不是一開始就有自己的麵店，而是先在樓梯底做生意，幾年後才租下現在的唐樓店舖。六七暴動期間，擁有整幢唐樓的大業主急於移民到美國，把唐樓以低價賣給爺爺。幸好那時的人沒有炒賣房地產的概念，否則爺爺別說首期，連租金也負擔不起。

我父親沒上大學，中學畢業後就繼承爺爺衣缽，同樣天還沒亮就開始工作，是真正的日出而作，日落而息。

父親一大早起來就去街市買鮮蝦和豬肉回來用香港製的雲吞皮包「散尾雲吞」。他認為雲吞在湯水裡就像金魚般散尾才漂亮。十一點開店前，幾個每天來報到的老主顧已經在門口等。父親忙了整個早上後，只負責收錢和找贖。煮麵由師傅負責，他把麵餅下鍋，再用筷子攪鬆麵條後，喜歡把筷子敲撈勺兩下。這個聲音在店裡總是響個不停。父親另外請的那個樓面只要聽到聲音就知道麵快煮好了，會在半分鐘內送到客人面前。雖然速度已經很快，但店裡只有五張桌子，客人有時要在門口等幾分鐘才能就座。

那是來記最風光的時候。

我們家做雲吞麵已到第三代。我對雲吞麵有深厚的感情。請別見笑。如果你和我一樣，家裡是做點小生意的話，就會明白我的意思。我認識一家人做紙紮生意的，也對家族生意投入感情。人家的孩子玩洋娃娃，他們的孩子玩紙紮品，特別是人形的。

我是吃家裡的雲吞麵大的，除了自家製的，別家的我不張口也看不上眼。

我也以來記麵家為榮——在從前。

從十年前開始，跨國連鎖飲食業集團在港鐵通車後進軍舊區西營盤，各式連鎖食店如雨後春筍般一家接一家開個不停。兩家裝修亮麗的麵店一間賣日本拉麵另一間賣泰國魚麵在三年前開始左右夾擊，直接搶走來記的食客，蠶食我們的生意。

來記麵家從此生意一落千丈，父親先辭退樓面，後來連師傅請不起，父親不只身兼三職，還要站在門口拉客。而最難過的，是連我也看到熟客經過門口進去其他麵店。

父親的自我形象日漸低落。對一個視雲吞麵店為自己第二生命的男人，他體內的血氣正不斷流走。

我參加《拯救老店愛作戰》，不只希望可以幫來記麵家一把，更希望可以拯救父親。喋喋不休說了這麼久，以第一篇日記來說，算是長氣得不得了。如果你能堅持看到這裡，我深深感謝你，希望你經過西營盤來記麵家時能光臨賜教。除非要上課（我還在上大學唸工商管理。來記麵家雖然只是小生意，但也算是家族事業，我期待自己能振興祖業），否則我都會留在店裡幫忙，反正我家就在樓上。

日記．收購

首次在網絡上發表日記後第三日，我離開大學時，一個面容姣好的女人向我走來，以很有韻律的語氣和溫柔的聲線道：

「寧先生，可以找個地方坐下來聊幾句嗎？」

「我不喝咖啡。」

「我知道，聽說你不去連鎖食店，對嗎？茶餐廳總可以吧！」她微笑道。這種邀請在最近半個月起碼有五、六次。我只應約了一次，就是這一次，看在她或她的團隊對我做了背景和喜好調查付出一定誠意的份上。

他們吃了閉門羹多次後，終於學乖，派了個美女過來。

我自問不容易受美人計擺布而變得暈頭轉向，然而，我才二十歲，美女在不太重要的關節點上，多少還有點效用，我願意給她機會。我也很有興趣知道他們會採用甚麼策略。

美女獲我首肯後，大概以為自己的美人計得逞，而高興不已，卻不知道我也在試探他們，彼此彼此。

我們坐下來後，她立刻遞上名片，我接過才發現名片上的標誌不同了。

她不是地產發展公司的人，而是來自房地產收購公司。

我好好端詳她的臉孔。

確是美女，年紀在三十五歲至四十五歲之間。中間十年的浮動期，是化妝、養顏、護膚、瘦身、美白、羊胎素、肉毒桿菌、整容手術（含磨面、抽脂）等高科技的效果。難怪全球美容產業的總收入，早已超過醫療業和藥業的總和。

我不知道她是大姐姐或是姨姨，不過，在熟女盛行的時代，這點並不重要。現在不只流行姊弟戀，母子戀也不再為世人抗拒。配對公司常說，愛情超越年紀，無分國界，最重要的是心靈溝通。只有這樣，配對公司的生意才能愈做愈大，並且促進全球消費，改善經濟，同時也能挽救航空業——在網絡世界愛上對方後，總希望可以見到真身。也只有見到真人，才能確認對方並不是AI。

大姐姐——我假設——在我點了常餐後才開口，沒有轉彎抹角直入正題，我喜歡。網絡世代喜歡直截了當。

「找上你而不是你父親，是因為我們相信你身為年輕人，比較瞭解現今世界的潮流和發展趨勢。」

「妳暗示我父親是老古董？」我笑著問。

「不，沒有這意思。老先生只是專注於本業，沒有分心去想其他事情，也沒有留意附近環境的變化。」

「說得好聽，其實心裡罵他食古不化。」

她仍然保持禮貌笑容，心裡大概不只罵我父親，也罵我。

「不，絕對沒有這意思。你不如聽聽我自己的故事。我和你一樣，家裡都有自己的生意。你家賣麵，我家賣茶葉，同樣面對生意樽頸難以經營下去。當年我大學畢業後，也可以堅守祖業，可是我選擇把店賣掉。我把錢拿去投資，結果賺了不少錢，讓家人不必再守在小店裡，可以過較優質的生活。你父親沒買保險吧？操勞了這麼多年，身體早就勞損過度，老來毛病特別多。公立醫院早就淪陷，如果有急事要看私家醫院的話，醫療費用一點也不便宜。他不為自己打算，你做兒子的就要替他想想。」

侍應把包含牛扒腸仔雙蛋多士的「常餐」送來，我老實不客氣開餐。我不會吃厭雲吞麵，但也要汲取其他營養。

她只點了一杯綠茶，準備只講不吃，而且大話連篇。

「你也許會認為，把錢投資聽起來好像也是做炒賣，不適合你的脾性。我也給你想了另一種方案，你拿到錢後，並不是從此關門大吉，而只是韜光養晦。等你工作了好幾年，積累了人生經驗，有自己的想法後，就可以拿這筆錢去重新規劃你的人生，找位置好的店舖，請專家設計店面、菜式，請公關公司做市場推廣，重出江湖，把招牌重新掛上。」

我喝了口奶茶後道：「不可能。」

「怎會不可能？外國很多食肆都是這樣。」

「妳不是只看了一、兩本經營食肆的指南，就是在吹牛。這種生意算盤在香港根本打不響。這城市的地產早就給炒賣到不合理的地步。一旦我把店舖賣了，這輩子就休想再買回來。以後我要開店，就一定要支付昂貴的租金，等我生意稍有起色，續租時業主便提出天價的租金，結果只有連鎖飲食集團可以承租經營下去，小本生意根本負擔不來，不知多少小店接過米芝蓮的死亡之吻後關門大吉。這是小學生也知道的事。」

她臉上仍掛著笑容，非常鎮定道：「你大概還沒有想到我們願意付出多少錢，所以才會這樣說。」

她拿出計算機，在上面按了一個數字後，把機器調轉給我看。

「我不敢說是一筆很大的錢，也許在你心目中只是小數字，不過，你算算看，很多人工作一輩子也賺不到這麼多錢。」

我同意，八位數的數目，就算不是美金不是歐羅不是英鎊而只是港幣，也是一筆大錢。

「如果在銀行開定期戶口，就算每年回報只有兩個巴仙——已經是非常保守了——一年回報也超過一百萬。你父親可以馬上退休，只要你不是大花筒，這輩子完全不必上班就可以過很舒適的生活，更重要的是，不必受氣。這年頭，做上班族要承受很大的壓力。」

她說這番話時語氣誠懇，應該是她坐下來後說過最真實的話。

我肯定她這說客要承受超乎常人的壓力，但如果她能說服我，賺到的佣金可以讓她買一打像放在她大腿上的名牌手袋。

「妳說的，我都明白。」

我繼續咬多士。這多士很鬆脆。如果關掉來記，我就可以每天試不同的美食。

「我也要告訴你，我雖然沒有苦心保衛我的祖業，但我看過很多外國的個案，他們的經驗也許值得你借鏡和參考。很多老行業的老店不論怎樣力挽狂瀾，但最終都要關門大吉。賣雲吞麵不至於是夕陽行業，但經營手法一定要改革。問題是，一百間店裡，只有不到十間可以改革成功，其餘九十間家最後都是結業收場，比『80/20 法則』更慘烈。」

「我就是要做那十家。」

「每個打算拯救老店的人，都要付出多年的心血，但成功不是必然，還要講究天時地利人和。很多人投擲了一生的青春，最後還是難逃結業的命運。為甚麼要做得焦頭爛額才狼狽離場？我不敢斷言你也會一樣，但我勸你，也許你的努力，只是把麵家的壽命再延長個十年八載，最後還不是要意興闌珊離場。」

「起碼我努力過。」

「證明給誰看？你以為香港經濟真的會無止境上升？可能你現在見到的是香港最後一個泡沫！香港大地產商早已經投資海外地產，而且比重愈來愈高。你為甚麼不現在就把這筆大錢存到自己的銀行戶口裡做投資錢滾錢？而且，你為甚麼非要繼承雲吞麵店不可？這只是加諸你身上的壓力！你也可以有自己的夢想去實踐，有自己的事業去追求，拿到錢後，你不必一定要再賣雲吞麵，你可以開自己的公司做其他生意，像在網絡世界裡打天下面向全球。總之，有了錢，你的想法不再受限制，絕對是，退一步，海，闊，天，空。」

聽到這裡，我才開始有點動搖。

大姐姐的話，開始有說服力，但與她的美貌無關。

她的說法撩起我心底裡某種尚未完全發酵的想法。

我又喝了口奶茶，反覆細味她的話。

——這已不只是一個商業決定，而是涉及某種形而上學的範疇。

——人應該擁有自己意志。

就算不用存在主義那個「存在先於本質」的說法，只要想想武俠小說裡的大俠可以不受拘束自由自在闖蕩江湖就是了。

——你應該追求自己的夢想，而不是讓家族的枷鎖加諸身上，默默承受而不自知。

她也喝一口綠茶。

「如果你也有意思的話，我可以替你再爭取多一點錢，就當我們是朋友。當然，別告訴我公司。」

有那麼一瞬間，我幾乎要答應。不過，她這說法也許只是游說策略。

她自有討價還價的空間。

不過，她說的話有一點不假。收了這筆錢後，麵店確是沒了，但煩惱也一了百了，很多事情變得輕鬆起來。

我甚至不必分心參加《拯救老店愛作戰》，可以專心學業。

「你不必答應我甚麼。反正，最後簽名的，是你的父親。他不會聽我們說的話，但絕對會聽你的道理。」

我同意，他們非常瞭解父親，對他無從入手，所以找我這兒子去攻堅。如果我還有其他兄弟姊妹，他們絕對會逐個擊破，用我們建立包圍網來對付父親。

在大學的領袖學課程工作坊裡，我們操演過這種游說技巧——有同學還打趣說，不過是取材自中國古代的外交手腕「以夷制夷」。對此我沒有意見。

沒想到，這麼快就派上用場——不是我，我是受力的一方。

離開前她說：「你甚麼時候有新的想法，都可以打手提電話找我，多晚都可以。有時真要待夜闌人靜一個人的時候才會把事情想得清楚。到時候我會開車來接你，找個安靜的地方好好談談。」

有一瞬間，我幾乎以為大姐姐暗示我們可以在收購以外發展不尋常的曖昧關係。

她問我要不要開車送我回店裡，我說不用了，不想讓父親看見我和她在一起。

我敢把經歷寫成日記，是因為父親從不上網。他不是不會，而是不喜歡。網絡世界是新世代的象徵，和地產發展公司一樣，對他來說，都是威脅。

日記．回覆

「真高興你這麼快就找我。」

我和「大姐姐」又到了上次見面的那家茶餐廳，坐在幾乎同一位置，也幾乎點了同樣的食物。我懷念他們的多士，但把常餐的通心粉換成湯米。

她還是點綠茶，「你和你父親談了？」

「還沒有。」

她稍一遲疑，才問：「要不要我幫忙？或者教你一點策略？」

「這倒不必。」

跟上次見面不同，這次她身上多了香水的芬芳。難道她竟然想以香水攻勢對付我?!我只是大學生，出招不必如此狠辣！

這香水的味道濃烈得很，年輕的女子根本不會喜歡用這種。我憑直覺——誰說男人沒有——覺得她起碼比我年長十歲，而且很可能是「敗犬俱樂部」的終生會員。

「真的不必？要不要我直接向你父親說？」

「不用了。我媽死了十多年，我爸一直清心寡慾，也不受女色引誘。妳的美人計對他沒效。對我，也許還有點用。」

我笑說，沒想到大姊姊竟然臉紅。

我又問：「妳去過鎌倉嗎？」

她一愣，很快眼睛放亮，「在東京市郊，我去過看大佛。」

「在JR站附近的鶴岡八幡宮，門前有一條很長很寬闊的大道，種了很多櫻花樹，還有幾家老商店，都殘舊得很。大部分都沒再做生意，這些店門口都豎了牌子，說明是日本政府指定為『國家重要文化財』，還附上簡介，說明以前從事甚麼生意，有些還可以追溯到明治時代，換句話說，已有過百年歷史。」

她臉色微變，終於明白我想說甚麼，也沒有打岔。

我繼續道：「日本的老店都會很光榮地在招牌下說明自己創業於明治，或者大正，並不以老店為恥，或賣掉套利。妳有沒有看過山崎豐子的小說《花暖簾》？在故事裡，大阪商人即使面對火災，生命受威脅，也要把商戶的招牌搶救出來。招牌舊了，也不能亂丟，會放在店裡供奉。」

「不過是招牌。」

「不，不只是招牌，而是家裡幾代人的心血，也是文化傳承。我們這城市之所以一天比一天變得面目可憎，就是因為我們沒有人家的視野和文化沉澱，我們只顧眼前利益，只想賺快錢。街上沒有老店，只剩下連鎖店。我們不是建設這城市，而是在消費和消耗這城市，把我們文化裡的一切價值全部掏空。除了賺錢，沒有其他。」

她說不出話來，我吃完常餐後才再說：「其實我只不過想擁有自己的一間雲吞麵舖做點小生意。在外國，有自己的店過過老闆癮很輕鬆平常，失敗是另一回事，但在這城市，做老闆卻艱難得要緊。我只是想實踐自己的夢想，你們卻千方百計用盡威逼利誘阻止我。」

我站起來時，她也馬上起身，「不，我們不會威逼。」

「你們這些收購公司會用《經濟殺手的告白》（*Confessions of an Economic Hit Man*）裡說

的招數來對付我們。妳就是最早派來的經濟殺手，只是做說客，說辭漂亮，彷彿全是為我著想。我要是聽妳的話，就幾乎要認妳做再生父母。要是我們不答應，你們就打電話去政府部門投訴我們的衛生出問題，要我們無法做生意，甚至指控樓宇結構有問題，必須馬上搬走。要是我們還是拒絕，你們就會出殺著，叫黑幫出手，放火燒舖，絕不留情。」

她忙搖手，「我們才不會這樣，你電視電影看太多了，那些情節都是虛構的。」

「是不是虛構，對我來說，一點也不重要。就當是虛構好了，但我的夢想卻是真的。你們開的價錢很吸引，不過，夢想無價，很多人一輩子也沒有夢想，所以我絕不會賣掉我的夢想，更不會待價而沽。」

我沒有向她道別，便頭也不回離開了茶餐廳。

現在回想，也覺得當時有點衝動。

然而，要是重來一次的話，我深信自己還是會說同樣的話，做同樣的決定。

所以，收購的事我已否決。我會努力為來記麵家打拼，也會參加《拯救老店愛作戰》節目，希望你們會支持。

另外，如果我有甚麼三長兩短，不必多說，必和房地產收購公司有關。這點毋庸置疑。

我．唐樓．消失的門

——難道就如主人所預言，如今的一切追殺甚麼的，都是地產發展公司或房地產收購公司的所為？

我無暇分心推敲黑手到底是誰，逃亡本身已經夠忙了。

如果你連命也無法留著，猜出黑手有個屁用？連最小份的安慰獎也沒有。

我和 Lin 離開她家，奔下樓，穿過兩條街，迎面而來的又是幾個小混混。

「三，四。三，四。」

「真人示範，完全體驗。」

「超現實感受，無與倫比。」

我們鑽進另一幢唐樓，門口是一列亂七八糟的招牌：毒品、冒牌貨、虛擬性愛，還有其他種種違禁品，狀況看來比 Lin 住的還要差，品流還要複雜。

我們不管這些，繼續往上走。

「你又說找幫手，怎會帶我到這裡來？」她問。

「幫手就住在這裡。」

「就在這種地方？」

對，我也想問妳怎會住在這個龍蛇混雜的地區？而且妳還是一個弱質纖纖的女子，實在太不簡單了。

不過，我決定不岔開話題。我沒有那麼大好奇心，只想集中精神解決當務之急。登上二樓，樓層居然沒有門口，怎麼跟上次來的格局不一樣了？只好再上，頭頂的燈光愈見昏黃。連續兩層都不見門口，要登上三層才終於找到一道窄門。

打開一看，竟然窄得只容一人橫身通過。

門後是一道長長的走廊。

穿過走廊，轉彎，還是走廊，像永無止境。兩邊牆上一道門也沒有，只有海報，而且還是懷舊海報，上面宣傳的產品大部分已在市場上絕跡。

我們左轉右拐，恍如進入迷宮裡。

Lin 有點不耐煩，「一來到這種地方，我就希望有光柵可以直達門口。」

我搖頭，「不，這裡永遠不會有光柵。」

「當然，光柵公司不會在私人大廈裡設光柵，否則就會耗費資源。」

「不是這原因。這迷宮本身就是一個防衛系統，要我們花時間去走，除了檢查我們身上有沒有可疑的武器之外，也不讓我們直接去到目的地。」

她恍然大悟地點頭。

她的見識真少，我也好不到哪裡去，不過，起碼比她多懂一點。

這時我們已去到迷宮的盡頭。

只是，這裡並沒有門，沒有窗口，也沒有出路，是絕對的盡頭。

「現在又是甚麼花樣？隱形門？」她問。

我也一臉茫然，「不知道，上次我來時，這裡還有一道門，怎麼現在居然不見了？」

我們可以逃去哪裡？

闇影・追蹤

闇影早已離開網絡銅鑼灣。

他才不會呆立在現場。很多駭客自恃本領高強，完成任務後仍然不從速離開，彷彿是等記者來拍照或者等粉絲來索簽名，結果束手就擒。

本領再高的駭客，也敵不過人海戰術，就算來的不是甚麼臥虎藏龍之輩，但來人數量龐大，打到身上的花招就多，就算個別的殺傷力不大，也要花上更多時間去擺脫去處理，不容易脫身。

所以，解決了警察後，闇影馬上離開，半步不留。

刻下他在黑池區一個地點停留。

此地是所謂的網絡三不管地帶，比旺角還要旺角，比新宿更新宿。

網絡世界號稱受法律監管，但那只是官方的說法，現實是很多地方各國政府都鞭長莫及。架構這種三不管地帶的網站，不在歐洲、北美或亞洲等任何已發展地區，很有可能是在中非或其他發展中國家，甚至是西蘭公國（Principality of Sealand，簡稱 Sealand，位於英國海岸開外，只是一個廢棄的人造建築物「怒濤塔」，利用國際法的灰色地帶於一九六七年宣告獨立。全國人口不足三十人）那種微型國家（micro nation）裡。

這裡是一切病毒的溫床，也是國際犯罪組織交換情報之處，後來一部分發展成暗網。你可以找到各類型違禁品，如製造核彈的方法（但製作關鍵不是製法，而是取得濃縮鈾），或者如職業殺手的天書《Hit Man, A Technical Manual for Independent Contractors》（據說是由職業殺手執筆。此書涉及一九九三年一宗三重謀殺案。至一九九九年，出版社 Paladin Press 除了向死者家屬賠上數百萬美元及銷毀存貨外，更永久終止出版此書）等等，一切在外面找不到的東西，又或是在沒有人願意認領下而成為「公有領域」（public domain）的物品，都有可能在這裡找到。

這裡更是測試新製大殺傷力程式的好地方，也就是類似沙盒（sandbox）的區域，而且是特大號的。

因此，危機處處。

方圓一里內，根本不見其他人影。

一如令人聞風喪膽的愛滋病來自非洲，幾年前好幾個破壞力極強的電腦病毒，據說也是源於非洲的伺服器。

闇影回想剛才發生的事，並把「案件重組」，投射在面前的空地上。

幸虧那幫烏合之眾重播案發時的影片，讓他有機會從其他角度詳細觀看爆炸時到底發生甚麼一回事。

在爆炸前 0.01 秒，他的目標剛好滑進光柵裡，不知要去甚麼地方。

幸好影片是立體的，他轉換角度和方向，要看光柵的顯示牌上標明的目的地。

可是，換了幾個角度，始終看不到。

原來，爆炸的破壞力太強，剛好炸掉顯示牌前方的網絡空間，阻擋了網絡光線的去向。因此無論他怎樣變換角度，都始終看不到顯示牌。

沒關係——他心念一動——想出變通的方法。

他檢查附近有沒有鏡子可能反射出顯示牌上的資料。

搜尋——

現場發現二十三塊鏡子，其中有一半竟然是中國的八卦鏡！

——在現實世界裡，八卦鏡在風水學上據說可以起擋煞作用。先不論其成效到底如何，以位元建設的網絡世界裡，到底這還有甚麼用武之地？

可惜經過仔細觀察後證實，這二十三塊鏡子，沒有一塊直接或間接反射到顯示牌。

換句話說，於他無助。

他不禁破口大罵。

幸好，他剛收到情報，知道目標的去向。

他馬上趕過去，絕不怠慢。

CHAPTER 03

第三部

非人空數

天照．喪屍

獅子銀行被劫的新聞，在短短五分鐘內已成為實體和網絡媒體上的即時頭條。很多在獅子銀行開了戶口的人，也即時、同時檢查自己的戶口結餘。

這些客戶如驚弓之鳥，紛紛把錢轉到其他銀行的戶口裡。

為了證明資金周轉沒有問題，獅子銀行只好放任客戶轉賬，凍結戶口只會引來反效果。

表面看來，駭客組織只是放風聲，尚未攻堅，而交易也只是數字上的運作，但由於數量龐大，積沙成塔，頻繁過量的交易已實實在在衝擊獅子銀行的伺服器。

伺服器不是沒經過壓力測試，但獅子銀行自開張至今，客戶量已經增長了不只百倍，上一次的測試已是大半年前的事，硬件上根本追不上。

天照抬頭一看，銀行交易訊息流的數量瞬間暴漲，幾可蔽日。

沒多久，獅子銀行的交易系統——終於、真的——倒了下來。交易訊息流也移動得愈來愈慢，最後幾乎就是定格。

獅子銀行的網上交易系統被癱瘓了。

駭客組織的行動要開始了。

天照開始執行任務，投入自己的工作裡。

她的工作不是直接攻擊金融機構，而是利用病毒，向保安系統全力猛攻。

所有保安系統再嚴密，也會留下一道後門，供保安人員出入，萬一系統被侵佔，就可以從後門進行反攻。天照不能亂動後門，好讓駭入金融體系的同僚，用乾坤大挪移把金庫裡的電子貨幣移到指定戶口。

然而，守護銀行的獅子，動作並沒有慢下來。銀行的保安系統獨立於交易系統之外，並不受影響。

獅群不但用身體擋去天照和同黨發出的火箭炮、導彈和其他武器，還有餘裕還擊。幾頭獅子施展分身大法後撲了出來，咬著幾個駭客，把他們吞進肚裡，連根骨頭也沒有吐出來，再發出震耳欲聾的咆哮，用高分貝的聲浪轟炸駭客的聽覺神經。

要不是天照戴上的耳機有高分貝限制，她可能要馬上把耳機脫下，而且耳聾好一陣子。

獅子不只出動獅吼功，更發出連續閃光，天照的眼睛一時張不開，就聽到耳邊傳來陣陣爆炸聲。他們根本反應不過來。

天照睜開眼睛時，發現過半戰友已經陣亡，在地圖上消失。

天呀！這場戰爭才剛開始開打，怎麼一下子就跳去最後階段？

她本來以為獅群只是體型龐大，外強中乾，不堪一擊，但情況不如預料般樂觀。天照等人節節敗退，潰不成軍，狼狽得很。

只有一個人向前衝，就是剛才和天照交談的美男子。

他拿出長槍，向前發射，一顆子彈卻不是射向群獅，而是高飛曲墜，射進群獅前面的空地上。

水泥地馬上變成沙堆，獅群收住腳步，不敢追來。不過，還是有幾頭獅子來不及收步，掉進沙堆裡，豈料沙堆竟然是浮沙，獅身逐漸往下沉，無論如何掙扎也無法阻止跌勢，最後竟至沒頂。

獅群再也不敢衝出來。

天照等一眾人暫時算是安全了，但這個到底是甚麼武器？和美男子不知來歷的強大武器相比，他們的簡直是小孩子用來玩泥沙的玩具。駭客這圈子果然一山還有一山高。

不過，獅群不是善男信女，他們一點取勝的把握也沒有。

他們和獅群隔了沙堆，遙遙相對，誰也不敢亂動。

此時，沙堆竟又發生變化。

一個個頭顱從沙裡冒出，然後是肩膀、手臂、軀體、雙腳。最後看出竟是人模人樣的東西，而且還會活動。

原來，獅子掉進沙堆裡，竟變成一群又一群喪屍！它們面無表情但猙獰無比，身上也破破爛爛，手臂前伸，回過頭來返身向獅子銀行衝去。即使身高只到巨獅的一半，但數量龐大，像前進的蟻群，足以淹沒任何阻擋前路的東西。

群獅沒有鬆懈，不斷分身，緊守崗位，準備迎擊。

屍兵沒有射出武器，似乎是以自己身體為武器，一直向前衝。獅群張口，向喪屍射出光芒，雖然也能殺掉一些喪屍，但根本無法阻止屍兵前進。

——簡直是奇觀！大開眼界！像百鬼夜行，不，說是千鬼萬鬼夜行也沒錯。

天照暗忖，這駭客到底是何方神聖？這種武器強大得驚人，不可能由個人開發，沒有人會有這麼龐大的人力物力開發這種近乎軍事級的武器。他一定不知是從哪裡偷來的。

天照舉頭找他時，卻不見蹤影。

獅群和屍兵相接後，根本無法阻擋屍兵的攻擊，很快被淹沒，動彈不得。屍兵也一樣，無法再挺進。

天照馬上知道，喪屍其實來自聖獅，內部程式構造應該一樣，只是在外形上有異，實力和聖獅應該不相上下。所以，一鬥之下，必然兩敗俱傷。

這招只是以其人之道，還治其人之身，也就是以毒攻毒。不過，到底是甚麼毒，已經不重要。獅群無法活動，就是入侵獅子銀行的大好良機。天照等人馬上大舉攻擊，踏過不再是浮沙的沙堆，經過像沉睡不醒的聖獅和喪屍，大搖大擺走進銀行裡，並釋放駭客軟件，把獅子銀行在過去十分鐘內成交但尚未結算的金額，全部調出，準備移走。這裡具體的數字運算到底是怎樣，天照並不清楚，她只要掩護同黨的行動就是了。

整個調動過程在一分鐘內完成。

大軍撤退，離開獅子銀行時，門外響起咆哮聲從四面八方傳來，屍兵向他們一擁而上。原本的獅群和屍兵竟然醒過來，而且不只醒過來，更聯手襲擊他們。有些駭客同時面臨數以十計的屍兵包圍，根本沒有退路，也無法反擊，很快就被撲倒。雖然不是天昏地暗日月無光，但鬼影幢幢情況之混亂，叫人不知道實際發生甚麼事，十足一幅地獄圖。

天照只知道在場所有駭客幾乎一一蒙難。

她被場面嚇壞，呆立當場，就算一群喪屍正逐漸在她四周形成包圍網，她也根本不知如何是好。包圍網愈縮愈小，不是一層兩層三層那麼簡單，而是十幾層，她根本找不到出口。

就在她自以為此行必死無疑時，美男子不知怎樣竟然走到她身邊，一隻手挾著她，另一隻手向外撥，利用不同喪屍的移動速度有差異時，從屍群裡找出一條活路，帶她衝出重圍……其實當時情況很混亂，她根本無法好好記下細節，但好像就是這個樣子。

事後，其實不必事後，她當場已知道這次行動駭客一方損傷慘重。

本來，駭客在網絡世界裡遇難，大不了只是被迫離場，並不會死。可是，這次行動裡遇難的駭客，離線後身體仍然不適，頭暈、作嘔、做噩夢，需要找醫生求助。他們從此無法長時間在網絡世界裡觀看立體圖，視力和聽覺都出現了大問題——完全是軍事武器的手法。

這一切她是後來上駭客論壇時才知悉。

她並沒有告訴大家自己絲毫無損。她不想人家知道唯獨自己獲救，以免惹上不必要的麻煩。

她還知道的是，組織被黑吃黑，一毛錢也沒收到。駭客界則流傳，獅子銀行損失不小，但為保商譽和面子，並沒有公布實際損失的金額，否則可能會引起全球金融市場動盪。

組織稱救她的美男子為叛徒，千方百計要抓他，把他煎皮拆骨。

可是事隔多月，仍然沒有人掌握到他的下落。

沒想到，今天有個神祕人現身香港的網絡，發動「銅鑼灣 911」大襲擊。

招數表面看來不盡相同，但用的其實都是類似的軍事武器，以一敵百，攻擊如巨浪般澎湃，如烈火般熾熱，像高舉「風林火山」大旗的日本武將武田信玄。

而銅鑼灣 911 裡用的武器比獅子銀行時厲害得多，似乎是升級版。

也許發動銅鑼灣 911 的神祕人並不是她見過的美男子，只是偷取了他的武器，或者向同一國家的軍方竊取武器。

總之，兩人肯定有關。

出於好奇——所有黑客最無可挽救的弱點——她決定調查那個神祕人的身世。

她要去香港的網絡世界。等他們的警方收集現場資料後，她就偷一份完整的記錄回來。

如果能找到他，也許就能找到那筆錢的流向。

她不覺以自己的本事可以討回那麼大筆的一筆錢，但其實她只是想找到那個美男子本人，見他一面！說出來別人會笑她很天真很傻，也不切實際。

可是，她有她的理由：那天打劫獅子銀行，他黑吃黑後，應該盡快離開現場為上策，而不是回過頭來救她。當時喪屍也向他伸出手臂想把他掩沒，可見他身上並沒有抗體。而且當時人形軟件尚未面世，來救她的，一定是他本人。

「你為甚麼要冒險來救我？」她仍驚魂未定。

他別過頭，好像趕著離開不想回答，但最後還是回過頭來。

「剛才妳說的幾句話，不知怎的，我聽了好高興。」

「我說了甚麼？」

「『祝你生日快樂！』」即使只是身處網絡世界，她也可以感受到他的真誠。「謝謝妳呀！」

「小意思！」她裝作豪邁地道，其實有點心如鹿撞。

那一刻，那一個畫面，那一個場景，深深打動了她。

模特兒工作讓她見識過各類型男人，俊美的男子更見過不少。他們除了懂得名牌，認識時裝設計師，熟悉無數美容和健身方法以外，對其他事根本一無所知。

甚至，連日本首相的名字也不知道——有時也難怪，日本首相也換得太頻密，連她也說不出最近五任首相的名字。有人在 2ch 上開討論串說，日本首相執政時間之短，連AV女優也不如。

不過，她很清楚，現實世界的認識其實很片面，一點也不可靠。大家都是戴上笑盈盈的善良面具示人，轉過頭來就說你的壞話，或者不懷好意。她親眼見過太多女模特被男模欺騙感情，情深款款的表情下，除了欺騙，別無其他。反而網絡世界裡人與人沒有利益的交往更坦誠。她只相信共處時的直覺。雖然她和美男子在網絡世界裡只共處了幾分鐘，卻一見鍾情愛上了他，即使遇上的只是網絡世界裡的他。

她曾經想過在茫茫網海裡尋找他，但他沒有留下線索。如今終於有點眉目，她應該掌握機會把他找出來。

——不，妳不可以這樣幼稚！

天照心中有另一把聲音提出相反的意見。她是魔神教信徒，身為全世界最大的新興宗教組織的教徒。即使膜拜網絡為唯一真神，認為網絡世界比實體世界更重要，也不應該幼稚得以為真的可以愛上一個從來沒見過真人一面的男人。尤其他們這些駭客更要深思熟慮，對方說不定只是美男計的一部分，真身是個奇醜無比的男人，甚至是另一個大集團下的棋子。

——他救妳，一定另有陰謀，只是妳還不知道。

天照搖頭。

——不，事情不會如此複雜。

要證明他到底是美男子或美男計，方法很簡單：把他找出來。

從獅子銀行偷出來的那筆錢價值起碼有十億，不管是美金還是人民幣，即使過了這麼久，七除八扣，就算只剩下一億，或者一千萬，都不是小數目。她不會不放在眼裡。

如果他是貨真價實的美男子，就和他結盟為雌雄大盜，以情侶檔闖天下。不然的話，就用美人計對付他，想辦法找出那筆錢。這點她對自己很有信心。她這模特兒自問頗有魅力。

愛情太虛無了，還是錢最實際。愛情走了只留下遺憾，甚至孩子。錢放在銀行戶口裡起碼還有利息可收——即使把錢存在日本銀行裡只能收到很少利息，甚至沒有。

不管怎樣，目前只能肯定的是，他一定不容易對付。

她在吉祥寺駅附近吃了個手桶便當好好犒賞自己後才打道回府，準備啟程前往香港的網絡世界。

「在現實世界，日本的暴力團——即黑道分子——會堂而皇之在商業大廈裡設立辦公室，在大堂的水牌裡掛名，光明磊落得嚇人。他們租下整層樓後，除了無法改動的結構牆外，會徹底改裝內部結構，設計成很複雜的迷宮。走廊很長很窄，只能讓一人通過，而且天花板也很矮，好叫入侵者無法跑，只能彎身慢慢走，拖延他們的時間，方便暴力團準備人馬，或者乾脆全身而退。

「這種設計不是今天才面世，而是早在日本戰國時代已建立類似的防衛系統。天守閣的天花板更低得令武士無法輕易揮刀或者格鬥。京都的二條城是將軍幕府的居所和行政機關，保安更加嚴密：『鶯聲地板』的木條加裝了釘子和鐵片，只要有人踏上來，就會發出『唧唧』的聲音，令入侵者無所遁形。」

我在一部記錄片裡看過以上內容，覺得還算有趣，便推薦給主人看。事後他好評不絕之餘，也大讚我的品味和他愈來愈接近。

當下的我逃到唐樓裡，相信剛才經過的長走廊和迷宮參考過日本人的設計，不過，沒想到最後竟然碰到三面牆，沒有出口。

Lin 問：「他們搬走了嗎？」

「也許吧！畢竟不是正行生意，不可能在大廈門口掛招牌，也不可能貼搬遷啟事。要是遇到仇家，還要馬上急急腳走路。」

我話音未落，剛才來進房間的那道門竟在我眼前憑空消失。

我們不是面對三面牆，而是四面牆。

即使是監獄裡的囚室，也會留一道門。這裡變得連囚禁室也不如，網絡世界有時比實體世界可怕得多。

「我們被困著了，怎辦？」她問。

「我怎知道。」

我本來是來找救兵，豈料反而陷入更大的困境裡，我的計劃全盤破產。

是我的運氣太差？或者大家的運氣都很差？

Lin 側頭時，我隨她的視線留意我身後。

事情開始出現變化，不，準確說，是我們身處的環境出現變化。

四面牆不見了，長長的走廊也不見了。環境慢慢變得黑暗，像是有人在調暗燈光。

媽的，我開始懷疑這回是送羊入虎口。

我實在沒想到這幢唐樓裡的人和剛才攻擊我的人是同一夥人，再聰明也不會想到！

「我們走吧！」Lin 提議道。

「走去哪裡？」

「總之離開這裡就是了。」

「妳覺得我們可以離開嗎？我們的退路已給封死了。」

她一時還未會意過來。我只好言明：「對方的實力比我們厲害得多了。」

「我們的死期到了？」

「看來不像。」

「何以見得？」

「對方看來不是要我們死嘛！我和攻擊過我的人交過一次手，不，不算交手，我只是逃走。妳從電視上也看到，他們一出手就是殺著，不顧一切，不計代價，不怕犧牲……犧牲其他人。他們的行事風格又快又狠，絕不會和妳慢慢來。」

「你說得沒錯，很合邏輯。可是，如果現在動手的是另一個殺手，情況又如何？殺手不同，謀殺風格自然也不同。」

「妳說的也很合邏輯。」對，我怎會沒想到？

我們身處的環境繼續變化，不再是一片黑暗，而是逐漸多了些光亮，但不多。Lin 身上好幾個保安程式同時啟動，而且程式之間出現衝突。

她的動作開始放慢，反映內心的不安。

我安慰她道：「別怕死啊，要是我們的主人真的死了，我們活下去也沒有意思。」

「你說得還真豪邁。」

「我主人天性如此，我只是『遺傳』得來。」

眼前的景象不停變化，和死亡無關，但看來和宇宙創世有關。

不過，我還是不敢肯定，因為我所見的，完全不是宇宙大爆炸的模樣。

我們站在一片虛空裡，這道虛空爆出兩股能量環繞我們兩人轉圈，時而一紅一藍，時而一黑一白，變幻不定，頭大身小，頭尾互接，不停轉動。

說起來也許比較抽象，但模樣幾乎所有人都看過，以前只限於華人，現在大概全世界的人都知道是甚麼。

太極陰陽圖。

未幾，兩股力量開始分裂，兩股變四股，四股變八股，八股變十六股。

「易有太極，是生兩儀。兩儀生四象，四象生八卦。」連 Lin 也不禁道。

我想的卻是另一回事——

電腦概念裡的位元，也就是我們這些人形軟件的最基本結構。不同於人類是由細胞構成，我們是由程式，也就是位元，也就是 0101 的正負結構組成。

太極的兩極，和電子世界裡的正負何其相似，都是二進制。

2, 4, 8, 16, 32, 64, 128, 256, 512……

眼前的宇宙像快鏡似的急速變化，變出星球，卻不是無數星球，而只是一個：地球。

我們身處的空間從外太空一下子飛到地球裡，從高處鳥瞰。人類還是赤身露體的原始人，要和動物搏鬥，很快學會生火、冶鐵，建立部落、城市、國家，也開始大規模戰爭。幾千年來的生活和節奏都沒大變，直到開始製造機器，建工廠，大量生產，才從量變去到質變。

戰爭規模也愈來愈大，用上殺傷力愈來愈厲害的武器，同時，也製造了一個日後足以改變全世界的新型工具：計算機，後來才叫電腦。

電腦起初只是用來破解密碼的工具，戰後數學家們認為，這種要佔據整個房間的大機器，全球需求不會超過五部。沒想到，電腦的體積會愈變愈小，功能卻日漸強大。

有個青年立下夢想，希望所有人的桌面上都有一部個人電腦。夢想成真之際，他也成了全球首富。

電腦不只入侵每個家庭，連結成網絡後更幾乎無處不在。

在立體畫面上的人群裡，其中一個男人渾身上下便有十多個可以同時上網的工具，讓他可自由出入網絡世界。

他對著我們露出笑容後，伸出雙手，攤開手掌，各置一粒藥丸，一紅一藍。

他身後的人也一下子消失無蹤。

「我在電影裡見過這場面。」Lin 道。

我點頭：「這電影所有人都看過，根本是不可不看的經典。」

「一定要選一顆？會不會兩顆都有問題？」

「我們有選擇餘地嗎？」我反問。

男人臉上仍然掛著笑意，「我只有這兩顆，沒有第三。」

Lin 說：「可是我沒有記下紅色和藍色的意思。」

男人道：「沒關係，我可以告訴妳。藍色，妳去網絡世界裡的天堂。紅色，妳留在真實殘酷的人世間。」

Lin 大惑不解：「怎麼和我看過的好像不一樣？」

男人的笑容仍然燦爛，「當然不一樣，這是我們版本的故事。我們賣的東西不一樣，對白自然也有出入。別多想了，紅色或者藍色？」

我伸手要抓藍藥丸時，Lin 出手阻止，「電影裡的主角拿的是紅色。」

「我知道，可是，我們的處境不同，要做的選擇也不一樣。」

我把藍色吞進肚裡，準備去網絡天堂。

男人一笑，手上馬上補充了一顆藍色藥九，問 Lin：「妳要藍色或者紅色？」

Lin看看他，又看看我，「我的選擇自然和他一樣。」

她迅速抓了顆藍丸丟進口裡。

接下來，我展開了這輩子最離奇的歷程。

闇影・炸

闇影只知道目標進了光柵後不知所終，也沒有留下線索，幸好他收到情報，知道目標的去向後馬上追趕過去，絕不怠慢。

很快就抵達網絡旺角。

「三，四。三，四。」

「真人示範，完全體驗。」

「超現實感受，無與倫比。」

他無視圍繞他身邊打廣告的阿伯，逕自走到那座唐樓前。

唐樓看來殘舊不堪，也平平無奇。

——目標就在大廈裡面。真是得來全不費功夫。

不料，他踏前一步，便舉步不前。

他偵測到這唐樓裡面隱藏了大量駭客軟件，很有惡意。

他自忖並不是善男信女，不過，這唐樓無法讓他一眼看穿，他不知道裡面有甚麼機關在等著他。

——會不會是陷阱？

不是他不敢冒險，而是不想。他怕中伏，要是身陷其中，根本插翼難飛，無法逃出生天。

明明知道目標就在裡面，卻無計可施。

他腦裡有兩把聲音向他喊話，內容卻完全相反。

第一個說：目標是你的敵人，一定要把他幹掉，否則永無寧日。

另一個則道：盡力追捕目標，但大前提是不能消滅它。

這兩把聲音分屬不同的指導原則，也許是設計時出了問題。它們大部分情況下意見一致，但有時會互相衝突。他另外設計了一套機制協調這兩套原則。

他分析後認為，如果真要放手盡情攻擊，殺個痛快，不可能不真的消滅目標。所以後者很有可能是個錯誤的指令。

結論：全力以赴，別想太多。

目標雖然在唐樓裡，他卻無法進去。不怕，他有別的方法。

他走到半條街外的安全距離。豈料此時竟發現十來個奇裝異服的女子站在不遠處。她們一直向他拋媚眼，不懷好意注視他的一舉一動。

他注視了她們一陣，這些女子看來不像有甚麼攻擊能力，他也不加理會。

他切入攻擊模式，準備出手時，那群女子身影微動，不消一會竟已飄然而至，圍在他身邊。

「欲仙欲死，現場一樣。」

「超真實感受，不滿意不收錢。」

「網絡先行，真人在後。」

他不知道她們是甚麼東西，只知道被她們纏身好麻煩！其中一個的衣服甚至不斷變色，干擾他對環境變化的感知，雖然沒多少攻擊力，卻害他難以出手，而且引來途人圍觀，不少人訕笑不已。

闇影不想大好計劃被破壞，身子向下一壓，雙手再向外一推，用一股內力把一眾奇奇怪怪的女子彈開，右手一揮，憑空變出一把槍來，也沒怎瞄，便朝唐樓開了一槍。

倒在地上的女子只見一道冰藍的寒光自槍口射出，劃破長空，飛到很高後，再筆直衝向唐樓。寒光由冰藍變成鮮紅，如火焰般刺眼。內行人一看就知道殊不簡單，好幾個人拔腿離開現場，連拍照也不敢，採取速逃為妙的策略。

火光並沒有直接擊中目標。

唐樓的外牆忽然披上一層灰色的蜘蛛網狀物，把火光擋著。那道火光只在網狀物上留下一個小圓點，但這小圓點卻像水珠般逐漸散開，從一點變成一滴，從一滴變成一塊，從一塊變成一攤，愈散愈大，朝上下左右四面八方擴張，最後把整幢唐樓吞噬。

剛才纏繞闇影的女子早已獸散，大街上的人也走得遠遠。換了是平日，也許還有人會在旁看熱鬧，可是，剛發生了銅鑼灣 911，沒有人想惹禍上身。

一聲爆炸後，唐樓像被一道巨大的力量泰山壓頂，從上而下崩塌，消失於無。

闇影心想就算走不進去，也要把它完全摧毀，一洩心頭之憤。

狼・不殺

現實世界。

狼已有一個多小時沒有收到闇影的消息。

他在電腦前不只守了一整晚，為了即時留意闇影的動向，他雖不至於寸步不離家門，但已有整個星期沒離開所住的 Jemaael-Fnaa（英文為 Assembly Place of the Dead，中文為「死者聚集之地」）一帶。

幸好廣場除了清晨時人比較少，一直都有遊人，特別是叫人感到寂寞的晚上，廣場才夠精彩。耍猴和弄蛇的賣藝人歡迎你來和動物好好接近。榨柳橙汁攤檔把橙堆成一個個金字塔。蝸牛湯和柳橙汁同樣美味。羊肉販把羊劏了，製成各種肉食販賣，連羊頭也不放過。從所有食物攤檔冒起的水蒸汽聚集起來，讓廣場看來像被火燒般冒煙，據說在沙漠裡也可以看到。難怪千多年來，廣場一直是北非最熱鬧的地方。

不過，廣場再有吸引力，他仍然希望乘車去到比較光鮮比較亮麗的新城區，透一透氣。新城區單憑街道和店舖，會讓人以為自己置身歐洲的城市，當然還不是巴黎和柏林等國際大都會的級數，但可以和二線的城市看齊。

「非洲和歐洲愈來愈像，是好事呀！」疾風曾經有感而發。「世界會愈來愈和平。」

「怎會？」狼不同意，他一向看不起疾風的膚淺。

「只要不同文化彼此互相認同，就可以減少摩擦，建立世界大同。」

「這是人類的墮落啊！Otaku 的說法就是來自日本，社會學家認為這種情況是日本才會出現，後來卻像病毒般到處傳染，別說大都市，就連現在非洲也有沉迷網絡討論區的御宅族。」

「沉迷網絡不好嗎？起碼世界比以前和平了。」

「這種和平有個屁用？網絡做得再真實，也只是程式寫的，不過是模擬，借用哲學家尼采的話，沉迷網絡是『幻影崇拜病』。這不是進步，而是退步。又或者，像我們的先輩在幾十年前誤信盲從蘇維埃社會主義般幼稚無聊。這種看法和《真理報》一樣荒謬。」

「所以你有甚麼獨特見解？」

「說不上甚麼見解，既然其他人喜歡虛幻，我只喜歡真實，那就各取所需好了。我要打劫銀行，把偷來的錢建立我的未來，好好享受人生。」

狼想著想著，電腦畫面播出另一段突發新聞。他忙把疾風搖醒，再把網絡上的畫面變成立體影像，投射進室內，重塑網絡旺角的一隅。

現實世界裡的建築物倒下後會剩下一堆瓦礫，捲起塵煙；在網絡世界卻不一樣，唐樓消失得無影無蹤，彷彿從未存在過。

沒有人從唐樓逃出。

就算有，闇影也已布下天羅地網，沒有東西能逃出他的法眼他的掌心。

狼看後即破口大罵：「他媽的，我不是只叫他做做樣子的嗎？不是全力出擊啊！」

闇影由疾風一手製作，從外表到人工智能，前後花了好幾個月時間。狼是老大，只會製訂宏觀的策略，並不懂太深奧的科技細節。不過，闇影的實際行動似乎離狼當初訂下的計劃愈走愈遠，不，根本就已經失控。

狼愈想愈擔心。「我不管他是全力以赴還是全力出擊，總之就是不能真的殺掉目標，目標現在還不能死。你怎能給它那麼強大的武器？」

「如果要發動攻擊，就要有點像樣的武器。」疾風辯解道。「事情不能假得太明顯，讓人一看就知道這不過是想引蛇出洞。」

狼不想再和疾風爭辯。這不是拿捏分寸的問題，而是他知道，無論解釋多少次疾風也不會明白。

疾風又說：「可是，不管唐樓裡有甚麼東西，都應該徹底消失了吧！」

剛才闇影釋放的是殺傷力強大的武器，可以把一座建築物裡的東西消滅，其徹底程度，連還原也有困難。

狼真想好好揍疾風一頓。他巴不得馬上找個人來取代這個除了駭客技術外其他甚麼也不懂的傢伙。一個好的拍檔，最好跟他一樣目光遠大，不糾纏於繁瑣的細節。可是，換了一個聰明人，也許只會增加出賣自己的風險。

疾風雖然不太聰明，但起碼可以叫狼放心。

可是，如果闇影真是把目標消滅了，狼幾個月來的計劃和心血，就和那座唐樓般一起煙消雲散，又要重新構思另一套計劃出來。

希望事實並非如此。

我．魔神教．蝶神

我發現自己身處不知名的地方。

剛才從男人手上接過藍色藥丸，一骨碌吞進肚裡後，並不像那部電影的主角般看到一個開始扭曲變形的世界，我只覺得身體的程式好像受襲，出現抗體，也出現變化，開始肢解、分裂，變成數以千萬計的位元。

我知道發生甚麼一回事，也對此十分熟悉。

這一切，就是準備進入光柵的前置作業。

Lin 剛才還抱怨沒有光柵直達，沒想到這裡竟有一道光柵，要送我們去不知名的地方。從離開光柵去到目的地，傳送時間不需零點五秒。

短時間，表示傳送技術高超。

Lin 步出光柵時，也一臉茫然。

我們身處的不再是唐樓，不再是宇宙深處，不再是剛才在影片裡見過的世界。我身上的定位軟件指出，我們已經不再身處香港的網絡世界裡，至於到底是在甚麼地方，則一點頭緒也沒有。

我環顧四周：全白的房間裡一無所有，是真正的全白，沒加上任何背景。上不見天花，下不見地板，連牆壁也沒有。

突然我們前方又開了一道光柵，走出一個人來。

他的面容和身體不斷變化，時男時女，時老時少，時彩色時黑白。

不過，我知道他是誰。他就是我要找的人：蝶神。

不斷變化的面容裡，其中一張是他的臉。我熟悉的那張臉。

我向他投訴：「上次我來時，要登的樓層沒這麼多，走廊也沒這麼長。」

她——他剛變成了她——臉上掛了笑意，問：「上次見面是甚麼時候？」

「大概一個星期前，不是很久之前。」

「我們剛做了升級工程，不是小升級，而是主要升級，從版本 11.2 提升到 12.0。」蝶神張開雙臂示意。「工程浩大，也極其複雜。雖然之前已經反覆測試了很多次，但到了實際推行，仍然有點不穩定。幸好，現在已經解決了大部分問題。」

「你這是自討苦吃。」

「不升級不行，現在愈來愈多人要對付我們。」

「誰叫你們愈來愈高調。」

「我們要做轟轟烈烈的大事，難道你一直以為我們只是小混混。」

「不，你們本領高強，神出鬼沒，我原以為你只是隸屬本領高強的黑客組織，實在沒想到你竟是魔神教的人。」

「魔神教！」一直沒有多話的 Lin 顯然吃驚不小。

我問：「妳沒聽過？」

Lin 答：「怎會？魔神教信奉人類的未來在網絡裡，網絡早晚會接管人類，把人類送去大同世界。」

蝶神搖頭，「你說的不完全正確，這也是大部分人對我教的誤解。」

Lin 問：「誤解？」

「我們並不認為網絡會接管人類。這種說法暗示網絡強行接管，人類並不是心甘情願。我們的看法並非如此。」

Lin 問：「你是指人類會自願被網絡接管？」

蝶神沒直接回答，反問：「人類千古以來追求的是甚麼？」

Lin 沉思了一會才答：「這是一個大問題。人類比我們複雜得多，他們追求的東西也很多。」

我補充道：「從高層次來說，不外乎天堂、烏托邦、自由、長生不老，或者俗一點的財富。每個人要的都不一樣，但不外如是。」

蝶神點頭，「對，答得很好，可是，人類在現實世界裡永遠無法實踐他們的想法，即使他們發展出各種科學分支，用上了好幾代科學家做了大量研究，但很多東西仍受制於各種定律，如物理學或者生物學，根本無法在現實世界實行，除非，他們把整個社會搬到網絡上才能打破定律。」

我明白，「像光柵，便只能在網絡世界裡出現。」

蝶神欣然點頭，「所以人類應該全體移居到網絡世界裡。」

Lin 道：「可是網絡世界並不是從一開始宇宙開天闢地就存在，也不是自然，只是由人類造出來的虛幻世界。」

「這有甚麼問題？現在人類世界裡，有哪一樣東西不是由人類創造？人類早就活在由自己創造的世界裡，也耗用了大量地球資源。人口愈多，地球環境愈惡劣，世界各國為爭奪資源的衝突也愈多，遲早會打一場大戰。而第三次世界大戰就是最後一次。」

我更正他道：「如果計算網絡戰爭在內，這場仗已經開打了。」

蝶神點頭道：「就算不往大處看，只著眼個人，你也會發現人類在網絡上活得比較舒坦自在，更能隨心所欲地生活和發揮自己的才能，幹一些在現實世界裡無法實現的事。現在已經愈來愈多人放棄現實世界，寧願活在網絡世界裡。」

我想起主人，和早前約會的美女。「不是所有人都抱這種想法，他們會把寶貴的時間花在現實世界裡，否則就不會有我們人形軟件替他們在網絡上活動。」

「你怕自己會失去存在價值嗎？當然不會，你只是他的助理，幫助分擔工作而已。人類很快就會醒覺。只有全體人類移居到網絡世界，才可以去到理想的烏托邦和大同境界，享用取之不盡的資源，到時不只人類可以超越死亡獲得解脫，地球也一樣，變回一個萬物欣欣向榮的星球。」

我是人形軟件，理應支持他的看法。不過，太偏激的言論我無法全盤接受。

蝶神的見解，只是「科技崇拜症」病患者一廂情願的想法，天真地只看到也強調網絡世界的美好和光明面，而忽視了網絡世界令人沉迷無法自拔兼邪惡的陰暗面。

網絡不是真的和平，更不是世界大同的天堂。

幾乎每一分鐘，都有人在網絡上被欺凌，也有駭客或恐怖分子在網絡上發動戰爭，攻擊政府和大企業的網站。雖然在現實世界看不到烽煙，但不代表風平浪靜。

然而，追隨主人多時，我學會凡事往大處看，眼光要放遠，尤其是你有求於人時，千萬別和對方摩擦，否則擦槍走火，吃虧的還是自己。

蝶神說了好一番道理後，心中塊壘應該所存無幾，我若有事相求，他應輕易答應。

「貴教對人類未來的高超見解，本人日後還要慢慢學習，到時還請兄臺指點高明——」

蝶神沒讓我說下去，搶道：「你這人形軟件說話別吞吞吐吐文縐縐，是學你主人嗎？真叫人吃不消。都甚麼時代了，不能有話直說？」

「那我恭敬不如從命好了，剛才我在網絡銅鑼灣——」

「你遭人追殺，結果那人下重手，把銅鑼灣炸成廢墟，對嗎？」

「你全知道？」

「我教耳目眾多，網絡上沒有多少事情能逃出我們法眼。對付你那傢伙還有點本領。」

「所以，我才請貴教求助，不知可否替我對付這人？」

蝶神聽了，哈哈大笑，「你才不過略略美言數句，便想我教替你出頭，真老實不客氣。」

「貴教神通廣大，追殺我的那傢伙絕對不是你們的敵手。」

「又來了又來了。這傢伙來歷不明，雖然當下只有他一人，但背後有甚麼人撐腰，好叫他敢胡作非為，膽大包天，實在難說得很。要是他意欲引我教出擊，再發動奇襲，我教豈非中計？我教近日已樹敵眾多，無意再挑火頭招惹麻煩。」

Lin 道：「你這是見死不救。」

「非也。我們可以提供地方，讓你們避避風頭。」

我問：「就是這裡？」

「當然不是。」

Lin 道：「這裡看來好安全啊！」

「這裡當然很安全。」蝶神的手指對著我，食指竟然向前延長，幾乎有一隻手臂那麼長，叫人想起長舌鬼。「不安全的是你。」

「我？」

「剛才你們經過長廊時，我檢查過你們的身體，發現你體內有一段很古怪的程式碼，不知道寫來有甚麼目的，有甚麼功能，可疑得很。我到現在仍然參不透。說實話，出於自衛，我大有拒絕你的理由。不過，念在和你還有點交情，我才決定幫忙。」

我聽後，只覺膽戰心驚。我體內到底有甚麼連我自己都不知道，甚至連神通廣大的魔神教也不知道的東西？我本來的危機尚未解除，如今又多了一重，真是命途多舛！

難道主人在我身上做過甚麼手腳？

想不到我竟做了身為人形軟件最大逆不道的事：懷疑起主人來！

「我帶你們去安全的地方。」蝶神說。

「等等，我有事要先辦。」我忙道。

「等等？你不是趕著逃命的嗎？還有甚麼事更重要？」

只有一事我看得比自己的生命更重要。

「我主人，我要知道他的安危。他大概還不知道我在網絡世界裡遭追殺，我要通知他，好讓他在現實世界有防範。不過，我始終找不到他，而且不單我，連 Lin 也聯絡不上她主人。我怕他們已經遇上不測。」

「大難臨頭，你還不逃命，仍然以主人為先，真是忠心耿耿。」

即使蝶神語帶諷刺，但我有求於他，只好道：「如果你要讚揚我，最好是在我主人面前。你有沒有辦法聯絡現實世界裡的他？」

蝶神面有難色，「這點我辦不到。不過，你其實只是想確認他的安危，另有可行方法。你查過生死註冊處沒有？」

我問：「是甚麼來的？」

「像香港這種發達地區，所有人的出生和死亡都要登記，負責的機構就是生死註冊處。如果你的主人遭遇不測意外身亡，生死註冊處會有記錄。」

竟然有這種玩意！我問：「可以怎樣查法？」

「給我他的身分證號碼。」

我依他所言，不消十秒，蝶神已進入生死註冊處，順利取了主人的檔案出來，身手之利落，令人驚歎。

「老天，真快！」我不禁道。

「我們要經常出入生死註冊處，所以早已設立了祕密通道，說不定比其他需要層層審批的政府部門更快捷。」蝶神看了檔案一眼，問：「你確定給我的身分證號碼沒有錯？」

「當然沒錯，我一向購物、交友、拍賣投標用的都是這個。」

「這就奇怪得很，」蝶神眉頭一皺道：「你主人早就死了。」

「死了？」

這答案不只出乎我意料之外，簡直難以置信。

蝶神把檔案攤出來，放大，懸浮半空，讓我看得分明。

「身分證號碼沒錯？」

「沒錯。」

「名字也沒錯？」

「正確無誤。」

「出生年份？」

「完全正確。」

「死亡年份……」他再三細看道，「老天，竟然是十八年前！你的主人死時才兩歲！你這人形軟件竟然為死人服務！而且是個死了十八年的兩歲小孩。」

我記憶體裡的資料狂竄不已，每一筆都拿出來做內部驗證，也無法找出有問題的地方。

主人不可能已死了十八年！如果他是死人，代表他開的麵店是假的，住址是假的，還有我代他的競投，和結識的女孩子，甚至日記統統都是假的。

他的一生，也就是虛構的。

這不可能，完全不可能。
如果他是假的，我的生存目的為何？
可是，蝶神手上的東西鐵證如山。
我久久無法言語，也愈來愈糊塗了。

CHAPTER 04

第四部

全面变脸

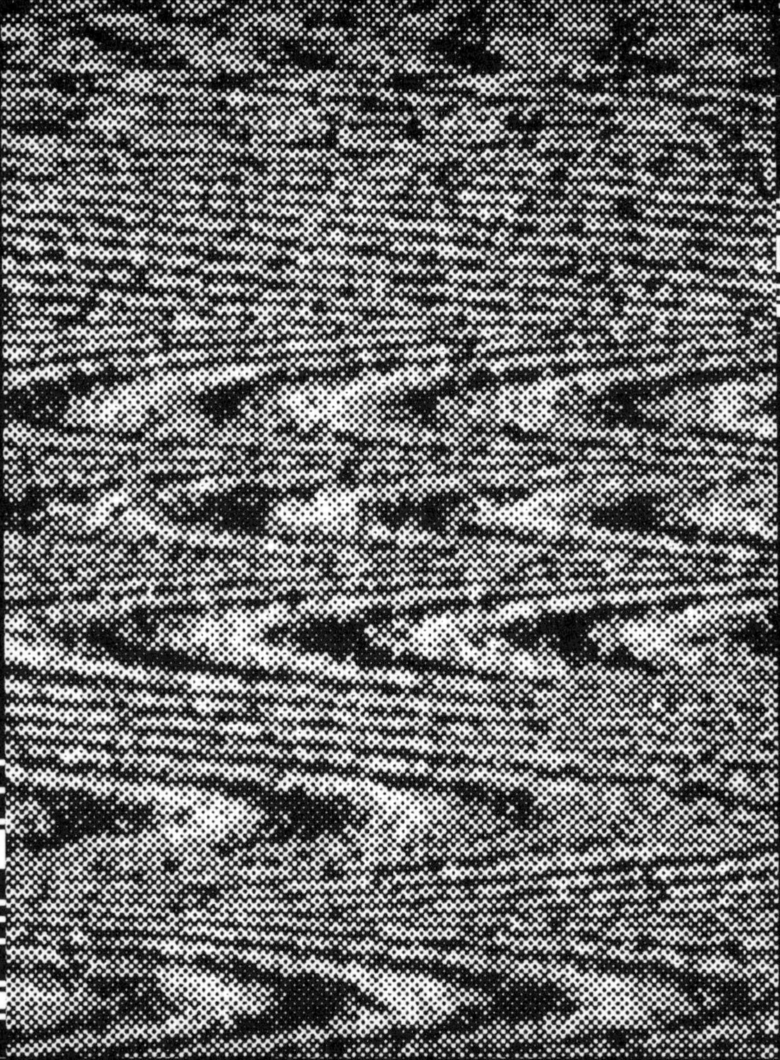

天照・警局

即使時間是深夜，可是天幕卻是純白色的。陽光普照得超現實。網絡世界就是這樣。永遠是白天，永遠是好天氣，和現實完全脫節。這樣設計讓網絡玩家忘卻時間的流逝，就像賭場永遠不會把時鐘掛在牆上，要賭徒流連忘返。

天照穿過光柵來到網絡銅鑼灣，比起現實世界，網絡世界的交通便利得多了。她本人並沒有去過現實世界裡的香港。網絡上說這裡以前像東京，有很多日本的百貨公司，但網絡版似乎醜得不得了，所有建築物都沒有規劃，而且亂放一通，按照「網絡先行」的原則，現實中的銅鑼灣估計好不了多少。

網絡銅鑼灣仍未修補完成，現場聚集了很多看客，圍觀時代廣場慢慢重建。警察似乎已經把現場記錄備份下來。她好奇他們會把案件拿去哪裡分析時，網絡新聞適時提供了答案：銅鑼灣警局。

她在網絡上查過他們的辦案程序和手冊，再查看地圖，警局位於十條街以外。她沒心情漫步走過去，於是又再穿過光柵。

警局外，早已站了數百個圍觀的記者和市民。幾個警察站在一旁竊竊私語。

「我懷疑是沉寂多時的甚麼聖戰組織發動的攻勢。」有個警察說。

「對，只有他們才擁有如此強大的攻擊力。」

「不，我懷疑是上海的駭客攻擊我們，畢竟香港和上海是競爭對手。」

「有沒有可能是新加坡的駭客？」

「新加坡有駭客？從沒聽說過。」

「在新加坡做駭客，要不要交罰款？Singapore is a fine city.」

幾個在一旁的警察哈哈大笑。

天照根據即時傳譯軟件的結果，得悉他們用廣東話談論剛才發生的大事，但談論內容沒有技術成分，也沒有調查方向，就像街上的閒人交換八卦一樣，沒有營養價值，只是增加了網絡的訊息流量。

六個人裡面，只有兩個是真人，其他四個是人形軟件。她一直認為，言談空洞無物的人，他們的人形軟件也一樣無聊得很。這些不成材的人擔任警察，能查出甚麼來？

跟現實世界的警察不同，香港政府實行外判式，連警察也不例外。大部分網絡警察都不是政府人員，頂多只是輔警，水準良莠不齊，不管是日本，還是香港，甚至美國，都一樣。真正有本領的電腦駭客，是不會去做網絡警察這種沒有挑戰性的刻板工作：穿制服、講紀律、講制度……黑客是遊俠，是獨行俠，討厭一切形式的約束，跟警察在本質上完全衝突。更重要的一點是，網絡保安公司和金融機構願意付高得多的報酬。

天照懷疑，這個警察總部裡的保安系統，也許兒戲得很。不過，身為一流的駭客，天照絕對不能輕敵，每次出擊，都會施展渾身解數。

她從網絡上查到，目標房間在三樓，也就是最高、最深的一層，自然也是埋伏最多的一層。她不出手則已，一出手就要完成任務，否則打草驚蛇就麻煩了。

局長．交換

局長身形肥大，頭髮斑白，看來像是個穩重的角色，外形也像某連鎖快餐店的標誌人物。他剛步出警局門口，記者即時一擁而上。

「請問警方有頭緒了嗎？」

「有沒有鎖定銅鑼灣 911 的調查方向？」

「旺角大爆炸和銅鑼灣 911 有關係嗎？」

局長思考了一陣，才搖手道：「一切仍在調查中，無可奉告。」官腔答覆一如真正的警方代言人。

群眾發出一陣噓聲，沒人想到等了這麼久，得到的回覆就是這麼簡單的一句話。

局長心想，他們雖然名為網絡警察，但戰鬥力並不強大，連裝備也要由自己張羅。真正的網絡警察是不會去管網絡銅鑼灣，除非涉及政府或金融機構。

可是，網民管不了這些，如果你們無法維護網絡世界的秩序，就要被罵死。

——真是吃力不討好，自討苦吃啊！

局長又回答了幾個提問後，返回警局，對伙記道：「這次的對手絕不簡單，我們不可鬆懈。」眾人點頭。

剛才那個駭客是用隱身程式離開現場，但警方沒有資金購買專業級的反隱身程式，暫時只下載了一個測試版來用，可以支撐七日。其他專業級的保安軟件和黑客軟件也只是下載測試版。在接下來七天內，他們在裝備上暫時給提升到專業水準。

局長轉身打算返回自己的房間時，才發現撞到甚麼。網絡世界雖是虛擬，卻連現實世界的若干物理定律也一併虛擬過來，你無法穿透前方的障礙物——除非裝了黑客軟件。

他垂下頭看，才發現一個女記者被他撞倒地上。局長把她扶起來時，她仍繼續連珠發炮：「你們知道對方的來歷嗎？或者連這點也沒搞清楚？」

「不，我們知道對方是誰，不過他們實在太厲害。」

「那他們是誰？是現時在西方作惡肆虐的極端環保恐怖分子，還是像『動物解放陣線』（Animal Liberation Front，簡稱 ALF）那樣的組織？或者是像『消滅黃禍』的國際反華集團？」

「抱歉，無可奉告。」

局長眉頭一皺，他在現實世界裡也如此。

局長本身真正的職業和警察無關，只是被興趣驅動投考網絡警察，雖然不是真正的警察，但起碼可以過把癮。為甚麼不在現實社會投考警察？除了無法在體能上應付得來以外，還有另一個更個人的理由。如果佛洛依德看過他的夢境，必定會發表語重心長兼發人深省的洞見。

女記者見局長的表情轉為一臉厭惡時，道：「看來你手上的情報還不如我的。」

局長停下腳步。「妳有情報？」

女記者點頭，嘴角帶笑，露出洋洋得意的表情。

「獨家情報，只此一家，別無分店。」她壓低聲線道。

「告訴我。」

「可以，今天我賣你人情，日後你會好好報答我的，對嗎？」

「對。一定好好報答妳。」局長連連點頭，「我是個講義氣講信用的人。」肥大的手掌重重拍到肚子上。

「我可以告訴你，但事關重大，我怕你的部下已遭敵人滲透或收買，只能告訴你一個人。」

局長聽了，也覺有理，連連點頭。

「我們進去好好說話。」

局長不自覺讓女記者帶領自己前進，也沒乘搭升降機，只從樓梯登樓。警局的升降機，其實是保安系統的一部分，可以掃描訪客的身體結構。女記者也許並不知道升降機的所在，所以也沒有走進去。

——不過，這不重要，重要的是她的情報。到底是甚麼？

兩人上到三樓，這裡是整個警局保安最嚴密的樓層，防守程式也最多。有些測試版軟件保護能力有限，只能覆蓋這樓層。

幾個探員見局長來到，向他點頭致意，和真的警察無異。

局長帶女記者進自己的房間後，她問：「可否重播銅鑼灣 911 那段畫面？我有東西要指給你看。」

「影像檔可以吧！」

「不行，要現場記憶檔，可以連結現場資料。單看影像檔看不出門路來。」

局長心想，她說的也有道理。他們已經看了影像檔數十次，甚麼發現也沒有。

他帶她往另一個房間，支開裡面的三個警員。

門自動關上後，局長道：「我已啟動加密程式和隔音屏，我們的談話內容，外人絕對聽不到。」

豈料她道：「還不夠。」

「不夠？」

「還欠我這個。」

女記者輕輕揚手，局長只覺眼前昏花，一陣陣光影迎面而來。

現實世界裡，一個坐在自己房間裡的女人大歎中計，遭駭客暗算，只怪自己百密一疏，沒想到對方竟然喬裝記者混進來。

局長的真身不是男人，而是女人。她知道警隊是個唯男性獨尊的行業，女性再有本領再勤奮，做女警還是會讓外人感到怪怪的，欠缺剛陽又不夠陰柔。不過，此時她捫心自問，自己真正欠缺的，不是剛陽或陰柔，而是謀略。

她被人從網絡世界彈了出來。

系統容許十五分鐘的緩衝時間，然後才會把她的聯繫徹底中斷，期間她在網絡世界裡的幻影不再由自己控制，成為容易被攻擊的目標。要過了十五分鐘後，她才能重新回到網絡世界，回到銅鑼灣警局裡。

探員·討論

「到底是甚麼人敢來襲擊？膽子還真夠大。」

「算了吧！反正來過一次，就不會再來了。」

「對，反正銅鑼灣已被破壞得非常徹底。」

兩個探員一邊在三樓的門口守衛，一邊交換對早前遇襲的「深刻洞見」。

這時一個探員步出升降機，問：「局長呢？」

「在招呼那女記者。」

第三個探員點頭，走向局長室，敲了一陣門，仍沒有回應。門上的紅燈也沒亮，表示沒人在裡面。去會議室找，又發現空無一人。

——難道局長竟帶人去情報室？這不尋常。怎樣也不應該讓外人進入整個警局最重要最機密的地方。

雖然情報室門口的紅燈也沒有亮，但他還是打開情報室的門，一看就傻了眼。這裡根本不是情報室，而是娛樂室，有張桌球枱和乒乓球枱。

——可是，娛樂室應該在二樓才對呀！

他打開另一個房間的門，明明是囚室的地方，卻變成了廁所，雖然沒有臭氣，卻難免顯得有點怪異。

他腦筋一時轉不過來，嚇得怪叫了好幾聲。剛才那兩個同僚見狀即奔過來，一時也沒察覺不對勁的地方。過了一陣，他們才發現警局裡的全部房間都亂了位置，明明在二樓的房間去了三樓，三樓的去到一樓，而且即使是同一道門，每次打開，裡面都變成不同的房間。他們急忙奔走通知其他伙記，眾人無不嘖嘖稱奇，才發現遠遠不只是房間亂七八糟的給改了門口如此簡單。

整個警局最重要的情報室，竟然不見了。

他們找遍二樓三樓，打開所有門，也找不到情報室。

「真是撞邪！」有個探員自言自語道。

「不是撞邪，是電腦病毒。」另一個看來比較英明的探員道。

「對，是 Escher。」另一人附和。

「是甚麼來的？」

「M.C. Escher 是個荷蘭畫家，不少作品利用空間做題材，展現在二維空間表現三維空間在視覺上的交錯矛盾：有幅畫裡的水違背地心吸力流動（作品名稱為《Waterfall》）；另一幅裡好幾道樓梯首尾相接，變成奇怪的迴圈（作品名稱為《Relativity》）。」

他馬上從網絡上找出這兩幅畫來展示，讓眾人大開眼界。

他繼續道：「建築物中了這病毒，就會出現我們眼前這種亂象，別說房間的位置亂了，我們也有可能根本無法離開警局。」

「不，也許這病毒是局長故意放的。」

「為甚麼？」

「如果我們找不到情報案，外人也找不到。」

「局長不會這樣想的。原因嘛，我覺得他沒這麼聰明。」

天照．下載

天照看著資料鏡像高速下載。可是，速度再快，也要二十分鐘，難免心急如焚，只怪自己低估了鏡像的大小，那東西比她想像中的大得多了。

她散播的 Escher 病毒雖是最新的加強版，但 Escher 本身並不是一種殺傷力很大的病毒，只是開開玩笑的惡作劇。她估計警局本身的防毒程式最快八分鐘內就會破解 Escher，最遲也不過十五分鐘。

她可以站在一邊等檔案慢慢下載，可是還沒下載完就會束手就擒。較好的方法是把檔案先強力壓縮一次後再抄過來，但壓縮一次也要花上十分鐘，檔案變小了，但再抄下來也需時八分鐘，總耗時十八分鐘。這方案也不划算。

她把影像重看了兩次，確認那個放毒的男人要追蹤的目標定在光柵前那二十來人的其中一個，如此一來，她何必把方圓十條街的鏡像拿下來？裡面有太多多餘資料。不，是否多餘暫時言之尚早，但在時間有限下，應該把目標鎖定在這二十多人裡，只要把他們的資料抄下來就夠了。

探員．反毒

焦急的警察靜止了一陣，各自思考解決辦法，最後有個說：「我剛聯絡上防毒軟件公司，現正開始下載對付 Escher 的解決方案。」

「很好，可以省下一點時間。」

「可以省多少？才不過一百秒左右，根本沒有差別。」

「天曉得，很可能這一百秒連兩分鐘也不到的時間，就是關鍵。」

天照．局長

天照花了五分鐘把鏡像切割，鎖定要下載的區域，再花九十三秒下載。

資料下載中。

尚有十秒。

但她不是一進門就開始切割工作，未必來得及在八分鐘時間內把資料取出。

還有五秒。

快了。

四秒。

很快就過去。

三秒。

馬上就可以離開。

兩秒。

下載完畢。

一秒。

確認完畢。

此時，情報室的房門也給打開了，幾十人衝了進來，將局長團團包圍。

「局長，你沒事嗎？」

局長回過頭來，一臉困惑，反應有點慢，反問：「有甚麼事嗎？」

「本局大樓剛剛中了 Escher 病毒，我們早前找不到這裡，剛剛才解毒完畢，終於找到門口進來。」

局長聽了，不禁破口大罵：「你們怎麼如此大意？要好好守衛才是。如果被人家攻入警局偷東西，我們警方顏面何在？」

一眾警員連連點頭，目送局長離開情報室。

局長在局長室前停步，沒有推門而進，而是走到樓梯，在階前回頭，向眾人道：「我要親自到外面走走看看，你們給我好好看守警局，別出甚麼麻煩！」

眾人點頭領命。

副局長即道：「馬上檢查警局各個角落，看有沒有甚麼病毒殘存？」

「明白。」

他指揮各人一一行動。很快，三十多人各就各位，分工合作，或巡查，或掃毒，或回到原本的崗位。

副局長見一切貌似正常，也暫時沒事發生，抓了個探員來問：「剛才不是說有個女記者的嗎？」

「甚麼女記者？」

「局長開了記者會後，有個女記者向他耳語，然後兩人就走在一起，等我們上來找局長時，警局就中了 Escher。」

「對，可是不見那女記者離開啊！」

副局長道：「這中間有古怪，檢查出入記錄，再對比錄影。看看女記者去了甚麼地方？」

「明白。」

副局長安排兩人跑去保安管理室後，愈想愈覺得不妥，此時局長從升降機打開的門步出，一副灰頭土臉的模樣。

「怎麼這麼快又回來了？」副局長問。

局長尷尬回答：「不算快吧！」

「你沒事吧！」

「沒有。」

「你剛去了哪裡？」

「沒去甚麼地方。」局長沒有正視他，反問，「你又去了甚麼地方？」

副局長見局長眼神閃閃縮縮，顧左右而言他，古怪得很，追問：「你剛才進情報室幹甚麼？」

局長連連搖頭，「我沒進情報室。」

副局長心中一凜，「你知道我們剛才中了甚麼病毒？」

「我們中了病毒嗎？」

——真的中計！

「你剛才離開了警局大概二十分鐘左右，對不對？」

「對。我剛回來。」

局長不會坦白招認自己被彈出網絡世界，否則顏面何存!?

「你離開後，和你一起來的記者變成你的模樣，在情報室裡不知做了甚麼！」

局長眼睛放亮，「我們快去抓她！」

「來不及了，她應該已經在所有人面前堂而皇之大搖大擺從正門離開了。」

剛才蝶神從生死註冊處竊取檔案，指出我主人早在十八年前已死去，證據確鑿，但我仍然無法接受。

「一定在甚麼地方弄錯了。」

「這我不知道。我只知道的是，現在我們身處的空間不可能無止境開放，必須盡快關上。就如我剛才所說，請兩位稍移玉步，我帶你們到安全的地方。到時你們可以慢慢推敲真相。」

地方是他的，安全也由他保證，我不得不同意。於是，我們隨他去到一處地方。

我問蝶神：「這裡就是安全的地方？」

「放心，我教稱這裡為『地獄』。」

「地獄？」我和 Lin 同時叫出來。

雖名為地獄，卻不見刀山火海，也不見妖怪惡魔，不過是個大房間，甚麼也沒有。

「這裡和外界絕對隔絕，沒有人可以窺探，也無法滲透，同樣你在這裡也無法上網，對於習慣跟網絡連結的人來說，絕對是折磨，比在地獄更難受。」蝶神雙手一拍，其中一面牆便變成書架，「你不是來受罪的，所以，我送你這個吧！別讓這書架古老的外表騙過，它是一座小型圖書館，你們要甚麼書都可以找到。」

Lin 問：「可不可以變出其他甚麼東西來？」

蝶神搖頭。「妳別太貪心了。地獄空間有限。它佔據的記憶體愈小，才愈難被發現，你們才愈安全。你們是來避難的吧！稍後關上門後，外面的人無論如何也無法攻進來，反過來說，你們也無法離開。」

「如果想離開，要怎樣做？」

「我就要說了。能夠開啟地獄之門的，只有這把金鑰匙，我把它交給你們。你們好好保管。記著，我沒有金鑰匙，所以也無法開門。」

「我們甚麼時候可以出去？」Lin 問。

「你們自己決定，我怎會曉得？」

「你不覺得有問題嗎？」Lin 問我，又轉向蝶神：「我們被關在這裡，根本不知道外間發生甚麼事，你起碼應該讓我們看電視。」

「電視也是一個管道，可以讓外來攻擊者利用。」我不想麻煩蝶神，只好解釋給她聽。

「如果無法看電視，那麼有甚麼消息，他很應該馬上通知我們，而不是留我們在這裡後就置之不理。」

我沒好氣道：「妳大概不知道我們的情況有多危險，我們的敵人有多厲害。如果他可以變身的話，就可以裝成蝶神的樣子，再加上金鑰匙，我們就無處可逃。」

「原來這樣。」Lin 恍然大悟。

「完全正確。」蝶神道。「我也不必再費唇舌解釋。沒有疑問的話，我就把門關上了。」

我點頭。

蝶神的身影消失後，地獄唯一一道門——不妨稱為「地獄之門」——也隨即關上，再完全消失，真是名副其實的「門都沒有」。

我們和外面的世界完全隔絕。

終於可靜下來好好思考主人的事，無後顧之憂。

「你是怎樣結識這傢伙的？」Lin 問。

「我忘了。」

「怎可能？」

當然不可能忘記，不過，我可不能告訴她，我和蝶神是在兩星期前結識的，當時他以女性的外表出現，把我們連上的是配對公司。蝶神見面時表示喬裝是為了吸納志同道合之士。用這種方式約會，大有欺詐之嫌。有些人會對此很反感，我則無所謂。我和主人一樣，都喜歡結識有趣的人，或奇人異士。

當時我以為他只代表駭客組織，怎會想到就是魔神教?!然而，也幸虧他是魔神教的人，才願意冒險出手相助。

魔神教教徒信奉的哲學，超越「四海之內皆兄弟」的字面解釋。他們認為，人類終有一天會去到世界大同的境界，照他們的解釋，就是所有人類會結成一個個體，到時肉體就會消逝，也就是真正的無分彼此，沒有你我之分。

蝶神出手相助，只是實踐其宗教理念。再加上，我還沒入教，他當然希望我會記得其大恩大德，並因此參與魔神教的大軍，為數位理想烏托邦一起努力。魔神教並不是真的熱心助人，而是放長線釣大魚，希望日後在下會投桃報李。這是一種投資，期望潛在回報。

「你說這裡是真的安全，完全密不透風嗎？」Lin 問。

「應該是吧！他們也不是善男信女，剛才妳不是親眼見識過他們的本領嗎？」

「算是看過，長了見識。不過，我是外行，不知道他們的本領到底如何？」

「別想太多了，我們也沒有其他去路。」

Lin 不像我，自逃亡以來，似乎沒怎麼想過她主人的安危，忠誠度蠻低的。如果我是她主人，知道自己竟然被人形軟件忘得一乾二淨，一定大失所望。

說回我主人，他怎可能在十八年前已死去？而且還是個小孩！那和我相處多時的是甚麼人？

我記憶裡的東西不可能全是虛構的，捏造這些資料的工程未免太浩大了，中間一定錯漏百出，矛盾處處。

我心念一動，道：「不，我覺得我主人並沒有死了那麼久，他可能只是採取自我保護的策略。」

「自我保護？」

「對，他要保護自己在現實世界的真正身分，所以去偷了一個死人的身分證號碼方便行事。」

天照‧颶風

天照剛才變身局長，順利騙過眾人後施然離開警局。她隨即啟動隱身程式，再加上變身程式，幻化成另一個模樣才鑽進光柵裡。

光柵並不理會通過的人是否隱形，一樣會把記錄留下，只是用隱形的方式穿過光柵其實更容易惹人懷疑。

她回到家後，把鏡像裡的資料下載，仔細研究。由於早經切割，檔案的容量已大大縮小，要分析的資料也少得多。

她很快就發現，發動銅鑼灣 911 的傢伙，並不是真人。對方只是人形軟件，但沒有出廠編號。

人形軟件的編號可以抹掉，這是很多駭客會採用的手段；可是，連廠家資料也沒有，就極不尋常。這個人形軟件無法啟動自動升級系統，對自己大大不利。

她決定用RE來仔細分析他的背景。

所謂RE，就是 reverse engineering，逆向工程。天照做的是難度更高的拆解：拿鏡像裡的記錄去分析那人形軟件，逐層拆解，瞭解其結構和運作原理。

她一邊研究，一邊暗暗驚歎。從來沒見過這麼複雜但程式碼寫得如此漂亮的軟件。

這不只是工程，也是藝術。

當今世上沒有一家軟件公司能推出這種級數的人形軟件。它們急於推出新版本搶奪市場佔有率，重視的是新功能，而不是穩定和安全，就算發現有 bugs，寧願其後推出修補程式，也不願延遲推出。

天照進警局竊取鏡像不用半個小時，但研究這個人形軟件卻花了三個小時，愈研究愈覺得驚人。

——天，竟然是颶風級人形軟件！

這是最高階的人形軟件，不只表示擁有最強的駭客程式，又或者最具殺傷力，而且具備最先進的人工智能技術，曾經進行內部測試，但最後不了了之。

原因，不是不夠成熟，而是太成熟。

至於到底有多成熟，天照並不清楚。

據說，颶風級人形軟件能通過「圖靈測試」（Turing Test），就是電腦學先驅圖靈（Alan Turing）提出的測試：在兩個房間裡，一個是真人，另一個是電腦——或今天的人形軟件，而你在外面分別和他們交談，結果你始終無法分辨哪一個是真人，哪一個是人形軟件。

簡單來說，颶風級人形軟件的智力和人類不相上下。不少先進國家因此嚴禁研究，生怕這個高科技產品會變成潘朵拉的盒子，為人類和世界帶來災難。結果，颶風級人形軟件的程式碼像坐牢般給鎖死在實驗室的離線電腦硬碟裡，徹底封存。

有些科學家把拷貝拿到發展中國家研究，換來可怕下場：遭神祕殺手槍殺，頭部遭 double tap 斃命。

陰謀論者說，這是 CIA 慣常的行刑手法。

發動銅鑼灣 911 的是颶風級人形軟件，那天在獅子銀行救她的美男子是不是也一樣？不，他有出生日期，但人形軟件也有出廠日期呀！他可能只是接受命令去打劫獅子銀行的人形軟件。

有些人會愛上人形軟件，有些人斬釘截鐵說絕不，她不確定自己站在哪一邊。她本來積極追尋那人的下落，但真相像一盤冷水淋熄了她的熱情。
天照離開電腦，去廚房打開雪櫃想找電解質補充飲品喝，沒想到原來一瓶也沒有。她可以轉喝綠茶，家裡的綠茶已經放了很久，是某個工作人員送的，但這時她應該喝電解質補充飲品。去便利店要走五分鐘，但不用半分鐘腳程就有一部自助販賣機。
她回到家之際，已經喝了半瓶飲料，準備關上電腦去睡時，突然靈光一閃。
她坐在電腦前，檢查那個颷風級人形軟件的出廠日期，只不過是四個月前。人形軟件這個概念只有六個月歷史。一年前她和美男子打劫獅子銀行時，人形軟件尚未面世。
她不確定美男子和這個颷風級人形軟件之間到底是怎樣的關係。美男子要打劫獅子銀行不難理解，可是颷風級人形軟件為甚麼要發動銅鑼灣 911 那麼既猛烈又大規模的襲擊？那裡不是金融區啊！
事件愈來愈撲朔迷離。
她沒有其他途徑再追查美男子，只能繼續從颷風級人形軟件這條線追蹤下去。從影片上來看，他是在追殺某個人。
可是，如果你要追殺目標，應該在現實世界下手才對，在網絡世界裡即使把對方殺了一萬遍，也根本無法傷害對方分毫！

——除非，用的是上次在打劫獅子銀行裡見識過的軍事武器才能造成身體上的傷害！

看來，那個被追殺的目標，才是破案關鍵。

幸好她的鏡像裡包括那個傢伙。經過RE分析後，她赫然發現那個被追殺的目標，同樣是個颶風級人形軟件！

換句話說，現場居然有不只一個，而是兩個颶風級人形軟件，這已經是奇聞，而其中一個竟然在追殺另外一個，就更是奇上加奇。

到底發生甚麼事？

她鑽研這兩個人形軟件記憶體裡的資料，看看能否找到他們主人的線索。

結果……

第一個人形軟件——發動銅鑼灣 911 的獵人——的記憶體裡只有一組組指令，沒有主人的背景資料。

第二個人形軟件——被追捕的獵物——的記憶體裡，內容就豐富多了，多得幾乎看不完，部分還經加密處理，似乎特別重要。

身為駭客，天照決定相信本能：率先處理加密資料——只有重要的資料才享此待遇。

奇怪的是，雖然是颶風級人形軟件，但加密技術並不是軍事級。顯然這部分程式並不是原廠出品，但解密過程也不是一帆風順，她用了好幾個黑客軟件，才把資料順利解密。

裡面不是甚麼軍事機密或其他重要情報，而是——

日記。

如無意外，就是獵物主人的日記，人形軟件往往會透過日記去理解主人。

日記一共十多篇，全部以中文書寫。

她只認得幾個漢字，不足以看明白全文。幸好，翻譯軟件多的是。

彈指之間，中文已轉成日文。

受人工智能所限，語法和句子結構還是怪怪的，但要看通前文後理並不困難。她沒有耐心細看，只好速讀。

日記說的都是生活瑣事，其中幾篇有特定主題，似乎可以連起來看：這個人為了拯救家族的麵店，正頭痛不已。參加電視台的真人秀節目，拒絕地產商後，收購商又派人游說，他也一口拒絕，執意繼續經營家族業務。

「我家做生意，暫時缺錢，希望這次打劫可以幫補家計。」

她想起打劫獅子銀行時聽到他說的那句話，當日以為只是戲言，沒想到竟然是真的。

這個叫寧志健的青年就是在獅子銀行裡救她一命，也是在最後來一手「黑吃黑」的駭客。

她以為他是個狠角色，沒想到實情看來並非如此。

現實看來和她原本的想法大有出入。

她用「來記麵家」做關鍵字，希望找出更多情報，沒想到排在前面的結果居然是報章頭條。

No news is good news。上頭條往往不是好事。她想起有個前輩上班時收到《文春週刊》的通知，說次日出版的新一期的封面故事是她和一個剛訂婚的知名男演員去開房間。日本週刊會在爆料前通知當事人，讓他們有心理準備。她被嚇得腳軟，自動辭職，男主角也被迫離開藝能界，不只結不了婚，而且要賠錢給未婚妻。

「來記麵家」怎會上頭條？

她把報章翻譯成日文，看了一遍又一遍。

不太可能吧！

又找了另一報章來看。再找第三份、第四份、第五份。

綜合起來，就是：

1. 來記麵家少東寧志健有感於自家麵店生意不佳，打算參加《拯救老店愛作戰》電視節目扭轉敗局。惟因麵店位於舊區，有重建發展潛力，土地發展商屢屢出高價收地，但遭兩父子拒絕。
2. 雙方談不攏後不久，寧志健因車禍意外身亡，但他為甚麼會上車原因至今未明。
3. 他生前在網上發表日記，就在「來記麵家」的官網上。

美男子在網絡上的容貌和本人相差不遠，但他居然死了……在二十歲之齡！

天照沒想到真相居然如此殘酷。

她以前不相信他真的要拯救家族麵店，但相信他黑吃黑偷來的錢應該袋袋平安。顯然兩樣都錯了。

可是，她也難免好奇，一個麵店少東，怎會成為駭客？但這其實又有甚麼好奇怪？她自己身為模特兒，還不是一樣。有個駭客前輩說過，黑客和駭客都不是職業，而是一種屬性，是天生的，不論你做甚麼職業，都有可能兼任。而成為黑客或駭客只是一線之差。

可是，寧志健為甚麼在打劫獅子銀行時要黑吃黑？這會讓他被駭客組織追捕，一輩子也不得安寧。

她想起剛才看過的其中一篇日記。

這篇和其他最大的不同，就是沒有發表，一直儲存在草稿檔裡。

日記．試食

趁麵送來前，我好好端詳這家麵店。雖然只是簡簡單單賣麵的，但連鎖商店還是擲了大錢花了心思，把內部裝修得像古代驛站附近的小食店——這種東西應該有個專有名詞，但我不熟悉歷史，因此說不出來。

裝修不錯是輕易過關，但麵店的本業是麵，其他全部都是配菜。現在的經營手法多是配菜鋒頭勝過主菜的邪魔外道，賣弄花拳繡腿多於真材實學。

我期待麵條這主角登場。

侍應捧著一碗碗冒著蒸氣的雲吞麵走來走去，卻始終沒看我一眼。食客太多，不只供不應求，侍應也忙得透不過氣來——來記麵家甚麼時候才有這種光景？我不介意做到手斷掉。

沒多久，眼中射出光芒的侍應和我交換眼神後，筆直向我走來。

是時候了。是我的了。

他放下雲吞麵後，我並不急於品嚐，而是先聞聞湯底的味道。

日本蕎麥麵以湯底聞名，各地的味道也不相同，形成不同的風格，其實，中國麵也一樣，不過著力點卻在麵條外形的變化上，如山西刀削麵、杭州貓耳朵、四川擔擔麵、北京撥魚兒（又稱「剔尖」）、山東伊府麵……千變萬化，湯底不是不重要，但相比之下，已變成次要。

好的雲吞麵湯底，沒有梘水味只是基本功，怎樣用湯水強化麵的爽度和蝦的鮮味，才是王道。

我對連鎖麵店的產品沒抱多大期望，不過是制式化、機械化、樣辦化，流水作業……不必說，根本談不上用心製作。

猶如儀式般對眼前的雲吞麵參詳一陣後，我終於動筷。

只有父親親手製作的雲吞麵，才值得我頂禮膜拜。

不過，喝了一口湯水，嚐了一點麵條，吃了一隻雲吞後，我發現出了問題。

不是小問題，而是大大的問題。

我一直以為，連鎖麵店的麵沒有風格，只是靠市場行銷的手法和龐大的資金來趕絕獨立的小商戶，搶奪市場佔有率……可是，吃了一口後，我的世界徹底崩潰。

這個麵的質地就和來記的一樣，應該是那間用鴨蛋和用手打麵的麵廠出品，全香港只剩下一間。湯底也是用大地魚熬製，不比來記的差。而一決雌雄的雲吞，他們的豬肉和蝦肉的比例居然比父親親手做的還要好。

我真的想哭出來，不是感動，而是感慨。

如果連鎖食店能做出這種水準，來記還有甚麼競爭力？還有甚麼板斧可以變出來？難道我們已經完成歷史任務？

身為有五十多年歷史的來記麵家第三代傳人，這些問題不可說不困擾我。

父親一如爺爺，堅持天還未亮就起床，一切親力親為，用心去做……可是，來記麵家來到今天，別說無法吸引人家從其他地方慕名而來，就連老街坊也開始流失。每天上門的客人不超過百位，要不是這店是爺爺買下來是自家的，單靠這微薄的生意連租金也應付不了。

我一直向大學同學推銷來記的雲吞麵，昨天趁我生日，邀了他們來品嚐。他們大力讚好，都說來記缺乏的只是宣傳。老一輩只知道默默耕耘，沒想過怎樣推廣，更沒考慮市場策略，也不講究門面包裝。我沒告訴他們，老店上次裝修時，我還沒有出生。

唯獨其中一個同學力排眾議，大潑冷水道：「根本是普通不過的麵，到處都可以吃到。不信的話，還可以來個 blind test，放一碗來記，和一碗別家的，我敢保證你幪上眼睛後根本說不出有甚麼分別！不，你一定會以為好吃的那碗是你們做的，但其實不是。」

他還沒說完，已被眾人抬走。

我不信他的話。他的話是假的，我一點也不在乎。不過，如果他的話是真的……所以今天我就到外面試食。

老爸當然不知道。我不能讓他知道我對他的手藝有半點疑心。

本來，我也有我的如意算盤。擁有一間麵店，總比一無所有好，也比由自己重開的強得多。來記麵家已經有超過半世紀歷史，再過幾十年，就是百年老店，只要經營得宜，就可以像日本那邊的老店，在招牌上寫下創於昭和或大正多少多少年的字眼。店鋪是「國家重要文化財」，麵本身就是無形的非物質文化遺產。

不過，大前提是，來記麵家如何能撐過未來這幾十年艱難時期，以目前的業績連能否撐到明年也不確定。也許收購公司的小姐說得對，把錢收下了，以後的日子會輕鬆得多。

我從來沒懷著這麼複雜的心情去吃一碗雲吞麵。

天照・推算

天照估計，寧志健去試食那天應該就在打劫獅子銀行前夕。那幾天他應該仍沒有冷靜下來，千頭萬緒在腦裡翻來覆去，很不安寧。

所以，他才會對天照說：「剛才你說的幾句話，不知怎的，我聽了好高興。」

他很可能是懷著怒氣去打劫，在重重壓力下失去理智，一時衝動做出黑吃黑的行動。又或者，黑吃黑只是表象，其實他惟恐天下不亂，非要雞犬不寧不可，於是去破壞網絡世界和現實世界的秩序，就像發動自殺式襲擊的死士。不過，寧志健大概沒想到自己最後竟然意外身亡。

不，他不是死於意外那麼簡單。拿了錢後就死掉，太巧了吧！他是死於謀殺。出手的，不是駭客集團，就是地產發展商。雖然還沒有證據，但八九不離十。

等等，冷靜一下，她覺得這日記有古怪。

《拯救老店愛作戰》這電視節目她沒看過，但不知道在甚麼地方聽說過，對了，她在雜誌上看過相關報道。這節目找了日本文化保育專家擔任評審，當時還刊登了他和香港食神蔡瀾的合照。

少說是半年前的事了。可是，日記上的日期卻是三個月前而已？完全說不通。寧志健在九個月前已經死了，他的人形軟件從何而來？人形軟件這項技術，是在他死後才廣泛流通！絕不可能是他的鬼魂給自己訂製人形軟件。

她產生新的想法，新的結論。一個接一個，一個推翻一個。她的大腦已很久沒有如此高速運轉，直到她從即棄手機收到另一則網絡新聞。

網絡旺角發生大爆炸。

她馬上收看電視新聞，但沒有影片。

旁白說旺角是三教九流之地，錄影等於留下證據，妨礙黑幫做生意，是以根本沒有相關設施。

記者訪問網民，他們沒有多說，只稱一聲爆炸後，整幢唐樓就不見了。

畫面上，是唐樓的檔案，和資料庫裡的影像檔。那幢唐樓，雖然她沒去過，卻有點面善。如此殘破，在網絡世界，實在少見，是以印象特別深刻。

到底在甚麼地方見過？她真的忘記了，只記得外表殘舊，裡面卻絕不簡單，內外有很大反差。她翻查手邊的資料，沒花多少時間就找出答案。

是魔神教的地區堂口。這可好辨得很。
能看出這一連串事件關連的人到底有多少？
她起初有點沾沾自喜，但很快就覺得她不應該自豪，而是應該懷疑。
她目前看到的一切，都是假象，都是騙局。
顯然一個巨大的陰謀在醞釀中，對方設置了一個非常巨大而且美味可口的誘餌，正等她踏進去。然而，明知如此，不入虎穴，焉得虎子？她一直希望可以成為女主角，而不是只在廣告裡當無名的女主角。天不怕地不怕的天照大神要親自找出真相。
她戴上網絡眼鏡，讓電腦模擬影像徹底包圍自己，再次回到網絡世界裡的香港，直奔網絡旺角。

我．地獄開門

「我不知道。我主人也許為了保護自己，所以盜取別人的身分，利用一個死人的身分證號碼，日記是他寫的沒錯。」
「盜取別人身分，是大罪，你主人怎會這樣做？」
「一定有原因。」

「到底是甚麼？」

「我不知道。如果能離開地獄的話，我也許就可以找出答案。」

「那你留在這裡幹甚麼？」

「外面危險啊！」

「可是你又說關心主人安危。」

「沒錯，可是……妳怎能叫我出去？」

「我們總不能在此等到天長地久海枯石爛，我們要等到甚麼時候？」

「我也沒答案啊！在還沒有甚麼頭緒前，我們最好按兵不動，現時情況比我想像中複雜得多。對了，妳的記憶裡有沒有我主人的資料？」

她變得很有戒心：「你想做甚麼？」

「對比妳我記憶體裡我主人的資料，希望找到更多真相。」

我覺得她好古怪，特別是仔細閱讀日記後。

以她和主人的交情，為甚麼她從來沒在日記裡出現？彷彿她從未出現在主人的世界裡。

日記和她，其中一樣在撒謊。

可是，日記裡有太多事情假不了，我可以一一查證。

她腳步突然搶前，手掌向我胸口襲來，活脫就是武俠電影裡的偷襲手法。

我揮手相格，把她的來勢擋去，不料她竟舉起左腳，直往我面門踢來。

我右手還沒來得及反應，臉上已感到一陣不尋常的熱力。

她的攻勢並沒有停下來，連環出招，叫我喘不過氣。看來她有下載功夫軟件。這幾招相當利落，近乎自然反應，簡簡單單，卻是招中有招。

如果我們身上皆有駭客軟件，攻擊就不是這個樣子，而是飛劍穿牆，掌光處處，活脫就是以前的武俠特技片，如《風雲》。現在只靠肢體上的攻擊和防守，就像李小龍的電影或《臥虎藏龍》。

拳來腳往一輪後，她終於停手。

不是因為仁慈，而是她已經從我身上取去一樣非常重要的東西：金鑰匙。

我後悔沒好好把金鑰匙吸進體內，那會安全得多。可是，我又怎會想到她會背叛我？

「妳果然是奸細。」我道。

「當然，不然我怎會一直在你身邊。」

她把金鑰匙一揮，憑空就開了一個長方形出來，也是一道門，通往外面。

「要找你的人，很快就會來到。」

「是誰？」

「到時你就會知道。放心，不會等到天長地久。」

「妳主人從甚麼時候開始出賣我？為甚麼？」

她沒回答，只是守住門口，叫我無法衝過去。

時間一分一秒過去。

要追捕我的人，很快就會來到。

沒幾，一個身影從門口冒出，很是陌生。

我沒想到，她原來竟然是個女的，相貌還相當不俗，應該是我主人喜歡的類型——即使在這危急關頭，我仍然關心主人的福祉。

可是，這個神祕女子的出現不但出乎我意料之外，連 Lin 似乎也感意外。

「妳到底是誰？」Lin 急問。

「我是天照大神。」那女子笑道。

她雙手一揚，一片片如雪花的光芒從掌心射出，快速射進 Lin 體內。

Lin 舉手相擋，這姿勢靜止不動，彷彿她已凝固成雪人。

「你還在等甚麼，快走！」神祕女子向我喝道。

我不知道她是誰，雖然根據預計的人際關係邏輯，敵人的敵人很有可能就是朋友，但當下的情況沒有如此簡單，我問：「為甚麼要相信妳？」

她臉色大變，「你知道我花了多少時間來追查你？我出入警局偷取資料，既要變形又要隱形……最後我以魔神教教徒身分讓蝶神驗明正身後，他才肯把門口告訴我。歷盡千辛萬苦，熬夜整晚沒睡，你知道這樣對女人的容顏是多大的損害？」

和容顏有甚麼關係？可惜形勢不容我問。「抱歉，我不知道。」

「你可以不知道，也可以不信，留在原地等闇影過來。」

「闇影？」

「闇影就是追捕你和發動銅鑼灣 911 的傢伙，他大概已收到 Lin 通風報信，正不知從甚麼地方趕過來。」

我不知道她是誰，不過，闇影肯定可怕得多。

我搶出地獄之門，外面是繁華的大街。根據指示牌，最近的光柵大概在兩條街以外。

就在我準備向光柵舉步時，神祕女子抓著我的衣領，罵道：「你想送死？有腦沒有？闇影正從那邊趕過來。」

有道理。我們馬上朝反方向前進。

「你大概還不知道 Lin 的名字是甚麼？」

「Lin 不就是 Lin，是林的譯音。」

「不，Lin 是 Location Investigator and Notifier 的簡稱，中文的意思就是『位置調查員及通知員』。她是派到你身邊的臥底、無間道。」

難怪Lin的臉容、化妝、髮型、服飾，甚至住家一成不變，由始至終沒有變化。

「我猜到她不簡單，可是沒想到是間諜軟件，而且還人模人樣。」

女子指指自己的眼鏡。「我有照妖鏡。騙不到我。」

「是誰派她來的？為甚麼？我的主人怎樣了？」

「你別一次過拋那麼多問題來，我無法回答得了。」女子邊走邊留意四周。「說起來是個很複雜的故事，千頭萬緒，連我也不敢肯定，只能推測。大概一年前，我參與了打劫獅子銀行的行動，參與的人到底有多少我不知道，我只知道有人黑吃黑，把偷來的錢據為己有。而這人，就是你的主人。」

「我的主人怎會是駭客？他的日記沒寫過這一點。」

「沒有多少駭客會向人家坦白招認自己的另一個身分。」

「可是我是他的人形軟件。」

「他並不知道你的存在，就是這麼簡單。」

我一頭霧水。

「我現在沒時間詳細解釋。首要解決之事就是讓你活命。」她上下打量我。「你大概不知道你體內有個計時炸彈，對吧！」

「我體內有計時炸彈？怎會這樣？」我驚叫：「等等，對了，剛才蝶神也說我體內有不知名的東西。」

「對，是極先進的計時炸彈，他未必看不出來，但暫時沒有破解辦法。」

「那怎辦？」

「你要好好聽我說，我想了個方法，你必須好好配合我。你要先去找我的朋友村上春樹……」

我只好連連點頭。根本沒有其他解決方案了。

「你照我的話去做，一步也不能錯。我要再送你一些東西。」她突然一掌拍到我的印堂上，我又感到一股熱力傳過來。

「你看你身上連像樣的駭客軟件也沒有，這不行，所以我剛傳了一些給你。如果你會用的話，也頗有殺傷力……我們就在這裡分手吧！還有沒有問題？」

她說得很清楚，沒有我置喙之地。不過，除此之外，還有很多事情叫我費解，像我為何被追殺？到底發生甚麼一回事？

不過，就像她說的，時間有限。

「我只想問一個問題。」

「快問。」

「我主人怎樣了？」

她眼裡盛滿憂傷，應該是她這時在現實世界的表情。

「他死了。」

「甚麼時候？」

「九個月前，交通意外。」

主人果然遭遇不測，我一直不相信他在十八年前死去，但也沒想到竟然是在九個月前。

她臉上表情沒有變化，繼續道：「我知道你想說甚麼。人形軟件面世也才不過六個月，而他早在九個月前已死去，所以我才說，他不曉得你的存在，你也不是他製造出來的。你讀過的日記只是鏡像，日記內容全是真的，但日期被調整過。」

「不，我和他說過話——」

「你和他的一切交流，都是人為操作，你對主人的記憶，是直接植入的記憶，並不是真的。」

主人不知道我的存在，主人從沒對我好過，一切都只不過是別人的操縱……我不只失望透頂，簡直覺得我這個人形軟件一輩子都是活在騙局裡。

「為甚麼會這樣？」

不知不覺，我們已來到一道光柵前。

「沒時間多解釋了！」她推我進輪候光柵的隊伍裡。「起碼，你主人是真有其人，也真有開麵店，真的要參加真人show，但壯志未酬。你如果要更瞭解他，要幫助他，就是好好活下去。快去找村上春樹！」

我失望極了，像無主孤魂般動也不動。

她賞了我一巴掌。

「你的主人死了，你就要當自己是他的復活版，在網絡世界裡重生。不然的話，他也死不瞑目。難道你不想幫他父親一把嗎？他父親是確實真正存在的，來記麵家也一樣，如果你放棄，不好好活下去，就沒有人會出手相助。」

「忠誠」兩字不知如何竟在我腦海浮現。

我的記憶體裡的程序像洗牌般重新調整，一一啟動。

我要好好活下去，甚至幫主人重振麵店。

我不知道要到底怎樣做，但大前提就是保住性命。

和她告別後，我走進光柵裡。

我還沒來得及問她為甚麼要幫我。不過，我相信她和主人一定有淵源。

天照・意外

天照沒有告訴人形軟件有關她將要去哪裡，到底在忙甚麼。她真的太忙了。

她在現實世界打了通緊急電話後，又返回網絡世界，前往香港的機械人工廠，忙於攻破其防守系統。

網絡上的傳聞沒錯，香港政府相關的網絡系統都是簡單得不得了，每個都放置「免責聲明」在當眼處，義正詞嚴，好像很認真的樣子，但只是裝模作樣，裡面的設定簡單得近乎簡陋。

出於好奇，也出於試探自己的本領，她在幾個月前已經意圖攻擊日本機械人工廠的系統——日本駭客公認世界十大最難攻破的系統之一，結果失敗而回。系統管理員是個高手，做了好多個設定檔案，幾乎沒有一個是真的，叫駭客們眼花繚亂，根本不知如何入手。

香港的機械人工廠卻不一樣。他們的保安系統自從兩年前開始就沒再更新，雖然其後不忘安裝每一個更新程式，但這系統本身就有設計缺陷，多少個更新程式也補救不了，對天照這個級數的駭客來說，要破解並不是難事，只是遲早問題。

她可以集中精神破解香港版，藉此忘卻寧志健已死的事實。

其實她也難以接受，年輕的他跟她是同齡人，怎可能如此死去？

不過，也幸好有人形軟件，才可以留著他，把他的精神面貌——或者說，靈魂——留在網絡世界，留在人間。

人形軟件就是他的化身，雖然他肉身已死，但精神長存。

誰說只能喜歡有血有肉的人？真正的愛情，是靈魂之間的交流。託人形軟件之助，她可以愛上一個已死的人。也許有人會說她瘋狂，但她堅信愛情的本質如此，可以超越生死，直到永恆。

只要有網絡，一切皆有可能。人類的未來，就在網絡上。

所以，她第一次聽到魔神教時，已決定加入，成為信徒。

所以，她要好好保護他的人形軟件，絕不能讓他被闇影消滅。

所以，她構思了一個極其精密的計劃，一定要救他出來，不容有失。

窗外的天色在不知不覺間已大亮。她頂著超過廿四小時沒睡覺的臉面對電腦，幸好今天放假，不必化妝，可以素顏，讓臉蛋和皮膚好好休息，更可以再做幾個小時駭客。

她覺得肚餓時，洗了個澡讓自己保持清醒，又做了早餐，材料是客戶公司出品的和風早餐包，含味噌湯、納豆、玉子燒、烤魚、湯豆腐，她自己又另外加熱了高野山的粥包，這種吃法比洋風早餐健康得多。

吃完早餐已經八點。她準備回去電腦前奮戰時，門鈴竟然響起來。

——是甚麼人？難道我的行動已被發現，對方找上門來？

——不可能呀！腦裡的計劃才剛成形，怎可能遭人揭穿？

——日本還沒有啟用可以窺看思想的科技！

她忐忑不安的啟動監視器，只見一個戴鴨舌帽的男人站在公寓大樓的大門外。帽的舌尖剛好遮擋他的臉。

天照在電影裡見過這種打扮，通常是情報機關的人員。他們佯裝各種工作人員，如技工、外賣員、速遞員，闖入民居，把人擄走，速戰速決，事後完全不留痕跡。

天照的電腦裡不乏各種駭客軟件，可是家裡連玩具水槍也沒有。

「甚麼人？」她要施緩兵之計。

男人脫下帽子，讓她看清楚他的三分臉。

——媽的！居然是黑澤武那傢伙！

黑澤武自然是藝名，事務所為他取「武」字是想叫人聯想起同是台日混血的金城武。黑澤武也不負眾望，成為事務所的首席模特兒。他的俏臉在很多宣傳品上出現，包括在新宿和澀谷一些大廈的外牆，人氣十足，甚至有全日本最大的男模後援會。

最近的賣點是以超慢鏡頭播出他的廣告，看畢一次要整整五分鐘，如果以正常速度則只需要半分鐘，根本是欺騙。偏偏有很多熟女和少女駐足，連天照也無法理解。

他比很多少男少女更明白潮流，因為他就是潮流的指標，往往他身上穿的，都是最新潮的時裝，供他的信徒追隨，甚至頂禮膜拜。他也開始設計時裝，有人甚至說：他會成為下一個山本耀司！實在吹捧得過分！

也有人分析，黑澤武的遺腹子背景，和吃盡苦頭的童年（曾以上野公園為家），讓很多女性特別憐惜他。不過，天照跟她們不一樣。

「你來做甚麼？」天照喝問，絕不因為他是前輩而客氣。

「今天放假啊！所以我特地來找妳吃早餐，增進了解。」他送上迷倒萬千女性的招牌迷人笑容，不過，天照對他就是不來電。

黑澤武患上時下流行的「手機依存症」，手機不離手，休息時就會在小熒光幕上埋頭苦幹。你以為他很懂得電腦嗎？卻又不是。有次拍廣告時，大家才發現，這個看來好像很聰明很帥氣的男子，竟然連文書處理軟件也不會用。試算表就更加不必說。他更蠢的是，連寫部落格也不會。每次要寫或修改都要指使助手代勞。沒有那張臉，他根本就是個草包，只能看《TOWN WORK》（逢星期一在車站派發的免費求職雜誌）找工作。他應該沒聰明到懂得用 TOWN WORK 的網站。

天照患上的是「真人厭惡症」。

她的病況不算嚴重，她不是不喜歡與真人交往，只是更喜歡用電腦繪製並只存活在網絡世界裡的虛擬人類，所以才會對在獅子銀行裡遇上的美男子心存好感。

黑澤武並不叫她討厭，不過，也不討她喜歡罷了。

——他怎會有我的住址？

她不禁問，但像他這樣的大牌，事務所自然不敢開罪，很願意賣個順水人情。

她沒興趣見他，特別是今天，她在家裡不代表沒事做。

「我今天剛好不舒服，想好好休息。」

「這麼巧。妳哪裡不舒服？讓我來看看。我是上天派來照顧妳的天使。」

真是沒有營養的對白！簡直令人作嘔！要是她在電視上看到，一定馬上轉台。

她閉目細想，只要不開門，他奈何她不了。她只是駭客，不是悍匪，他也不是刑警，無法強行破門而入。不過，如果他繼續死賴在門口不走，不斷按鈴的話，只會打擾她的工作，叫她無法專心。

如果是推銷員的話，只要打電話到派出所就可以了，可是當下的情況並不一樣。

就在她頭痛不已時，想起早前看的《圖解希臘神話》裡的其中一段故事。雖然不是甚麼好方法，卻是不錯的緩兵之計。

她向對講機道：「你想上來見我嗎？」

小熒幕裡的他又販賣招牌笑容，「想得很，妳開門就可以了。」

「除了上來，你還想做其他的事，對嗎？」

他臉上浮現曖昧的笑容，連連點頭。「對極了。我們真是心意共通。」

——屁呀！誰和你是「我們」？

「我不能讓你這麼隨便就能上來，我們要玩個遊戲。」

他的笑容凝固起來。

「甚麼遊戲？」

「我會指派任務給你，你要一一完成後，才能上來拿獎品。」

「是甚麼任務？如果你要我上火星，這完全無法由我控制……有多少任務？要是有一千項任務，豈不是到我退休那一天也辦不完？」

他的反問讓她改觀，他不是沒有腦袋，起碼比之前上門打擾她的一眾男模聰明得多。

「你可以放心，你的任務不多，也絕對是一般人可以勝任得來的。至於你要做還是不要，你自己才清楚了。」

剛才天照心念一動，想到一個兩全其美的點子。

CHAPTER 05

第五部

不能殺的人和人形軟件

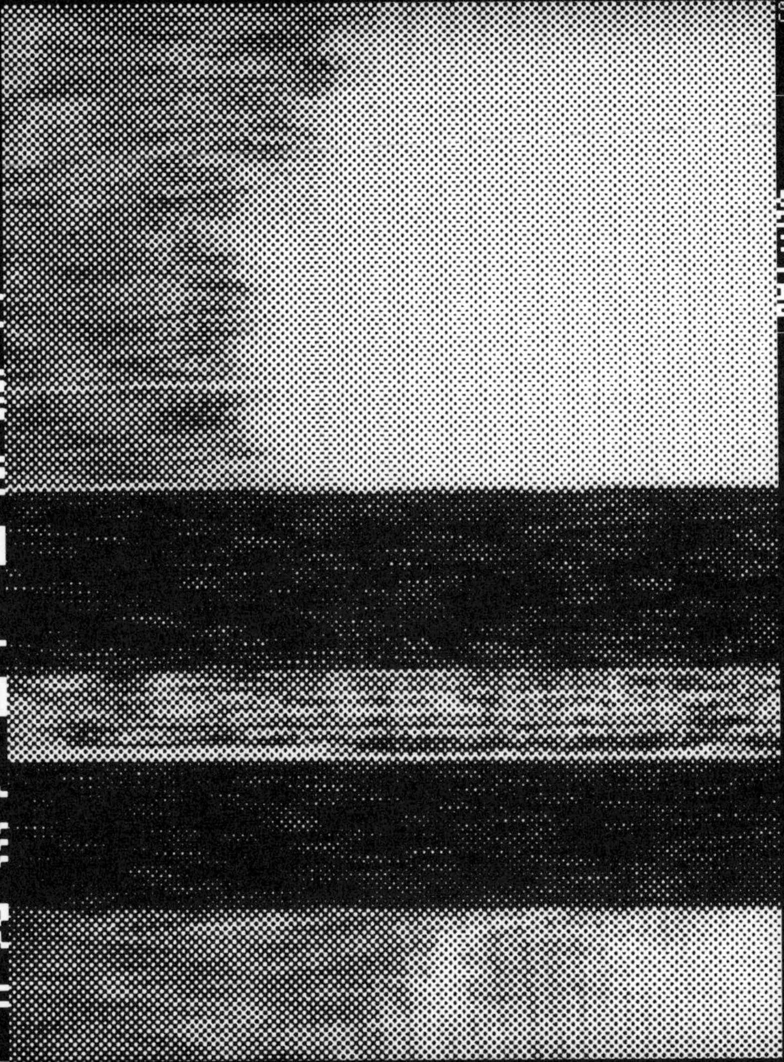

闇影．遲到

闇影收到情報後，已經第一時間動身，盡快趕赴地獄，但還是遲了一步。

他抵達時，Lin 仍然無法活動，也無法說話，就像冰雕般一動也不動。

他收到 Lin 通風報信後，她就音訊全無，早就料到她出了意外，但沒想到情況竟變得如此難看。

她站在地獄裡，就在門口，但他沒有走近，沒有跨過地獄之門，只是在門外窺看。

這地獄是魔神教的東西，他才剛摧毀了他們一個基地，魔神教絕不會輕易饒恕他。

這地獄可能是個陷阱，等他進去後，機關馬上啟動。他絕不會冒這個險。

他天生就討厭組織。組織眼裡只有大我，沒有小我，沒有個人生存的空間，即使本質也是反動的魔神教也不例外。

他們會向外人強迫灌輸魔神教理念，直到那人舉手投降入教為止。如果有本領的話，他真想一舉消滅魔神教。把他們全部消滅，一個也不剩。

——做事就要徹底，要全力以赴。

——世界已經腐敗得無以復加，人類已經無藥可救。

——要拯救人類，就要把人類建立的種種科技和制度摧毀，讓一切重新來過。

這是主人教他的話。

魔神教膜拜的網絡，是人類的結晶，也是現代的萬惡之源，必須毀滅。

——不單網絡，他還想毀滅這個世界這個宇宙。

闇影派出蠍子狀的隨身工具潛入地獄，把 Lin 全身掃描了一遍，確定她中了哪種病毒後，即時下載破解方法。這個過程前後花了五分多鐘。闇影計算著在這五分鐘裡，他要追捕的目標最遠可以去到甚麼地方。最近的光柵要花十分鐘路程，如果他馬上追過去，還有機會可趕上他。可是，他要問清楚 Lin 知道剛才發生甚麼一回事。如果有救兵，他更要知道對方是何方神聖！

Lin 破解了病毒的詛咒後，能活動自如，並重播剛才天照救人的經過。

「這天照是甚麼人？」闇影的檔案裡沒有這模樣的人。

「不清楚，沒見過面。只知道她是真人，不是人形軟件。我也偵察到她身上用了很多日本製的程式，我懷疑她是日本黑客。」

狼．調查

遠在地球另一面的狼和疾風，也從闇影的耳裡聽到這句話。

「目標沒死，原來真的有人來救他！」疾風神色凝重道。

「沒想到是個日本黑客。」狼喜出望外，但沒把喜悅寫在臉上，不想讓疾風洞悉太多他內心的真正想法。

——目標的同黨終於行動了。

狼問：「她會不會不知道他體內有個無法解除的計時炸彈？」

「日本黑客以小心謹慎見稱，沒周詳計劃，就不會貿然行動。她大概已經知道他的底細，也擬定了解決方案。」

唯一可以令計時炸彈無法發作的方法，就是把他上載到一個機械人肉身，那種硬件的特殊環境會叫計時炸彈無法發作。所有對電腦科學稍有研究的人，都會瞭解這一點。她本人一定會去一個機械人工廠，準備迎接他來到現實世界。自金融海嘯後，全世界只有日本人仍然投資在機械人這種要長時間才能獲取回報的研究。目前全世界只有兩間機械人工廠，一間在日本，一間在香港。

「如果她是日本黑客，自然會安排他去日本的機械人工廠。我和日本黑客交過手，知道他們的習性。」疾風道。

「這倒不一定。日本的機械人工廠位於東京的台場，保安非常嚴密，不是單指網絡上的防護系統，還有工廠本身在現實世界裡的保安。就算她有本事安排他從網絡上的機械人工廠，上載到現實世界的機械人工廠裡，從虛擬走進現實，可是，如何把機械肉身偷運出工廠，也是一大難題。」

「難道香港的機械人工廠就沒有保安這一環嗎？」

「放心，我詳細查過了。香港的機械人工廠由日本和香港合資，技術是日本方面監管沒錯，投資和管理卻是香港那邊負責。」

「我看不出有甚麼問題啊！」疾風伸手去抓煙盒。

「你聽我說好了，香港方面為了開源節流，早就把工廠的護衛工作外判，這也沒有問題。可是最近那家保安公司的員工抗議廠方延長工作時間，又削減人工和人手，正發動罷工。結果，整家機械人工廠，只有一個護衛看守。」狼說。

「天，這怎可能！完全荒謬之至。」

「對，但這也是現實。很多荒謬得難以想像的事都可以在香港找到。」

「可是，如果把目標引至香港的機械人工廠，又怎樣把它帶回日本？」

「簡單得很，她並不需要把整個機械人帶走，只要把相關的核心硬件拆下來帶回去。以日本人追求輕巧的技術，核心硬件不會比手掌大，要帶上飛機不是難題。至於怎樣把他復活過來，別說秋葉原，就是日本網絡上也有很多機械人專家，可以從長計議。」

「所以，她會去香港。」

狼點頭：「去香港只是我們的猜測，她可以這樣做，但不代表她一定這樣做，除非我們找到證據。」

狼知道，她是他們的唯一線索，只有抓到她，才可以找到失物。為此，他們絕對會不惜代價，不擇手段。

天照．成田快線

她鑽進新宿車站，買了票後，一邊步向成田快線的月台，一邊打電話往航空公司。

「我要一張往香港的機票。」

「幾點的？」

「愈快起飛愈好。」

「請稍等……我們只剩下一個機位，是剛取消的，但妳不必急，我已替妳扣起來了。其他人暫時訂不到。」

真是最後一分鐘，last minute。

她訂了三個小時後起飛的機票，回程時間還沒有定下來。她沒去過香港，要不是有任務在身，絕不會去這種毫無吸引力的城市。像東京不像東京，像倫敦不像倫敦，像紐約不像紐約，只是美其名為 fusion 的炒雜燴。國際大都會？早就沉淪了。

成田快線很快把她送到機場。在四國鄉下的爸媽不知道她要出國。不過，受機票所限，頂多出國七天，不必通知。要是致電回家，他們肯定又會問長問短。

她不想花力氣應付他們，只想在上機前放鬆自己，畢竟，去香港的旅程到底會遇到甚麼，暫時也說不清。

她在機場的書店買了本香港的旅遊指南。不要 *Lonely Planet*，文字太多，資料太豐富，圖像卻太少，絕對是網絡時代前的天書。如今大量情報在網絡上流通，精華都在指尖上，酒店也會有專人安排，不必她頭痛。

她挑了本小而薄的香港旅遊指南，圖文並茂，而且隨書附送電子版，可以把內容下載，投射到她的眼鏡上。有興趣的話，還可以詳細閱讀歷史，發揮增強實境（augmented reality）的強項。

此外，她還買了廣東話和中國語的即時傳譯服務，三天期限。去到香港時，聽到當地人說話，不單可以即時在耳邊譯成日語，還會在眼鏡上打出日文字幕，方便得很。

難怪雖然有隱形眼鏡，也有視力改進手術，眼鏡這種東西仍然未受淘汰，而且找到永續的方式，變得愈來愈高科技，也愈來愈漂亮。相反，人類學習外語的推動力只會愈來愈低。

上飛機後，她才知道機上提供上網服務，但要付費使用，而且一點也不便宜。只怪自己沒怎麼出門，一離開了東京就像鄉下人，一切對她來說都是新事物。

她需要和網絡保持聯絡，只好購買上網服務——雖然要自己出錢，可是，誰叫自己擺脫不了網絡？

飛機慢慢開往跑道，準時起飛。

託飛行技術日新月異之助，現在只要花兩小時就可抵達香港國際機場。

這次行動應該沒有甚麼意外，可以順利完成。

狼．布局

投射到牆上的，是飛機的座位表。

疾風的手在空中凌虛揮舞，飛機也就隨之轉動，放大機尾一帶的位置。

「我在從日本去香港的各航班裡都布下了監視程式，留意有甚麼人是在今天開機前三小時內才買機票，結果，找到八個，分別在五班機上。」

狼問：「這八個全都是我們的目標人物嗎？」

「不，八人中，有五個是要轉機往其他地方，也無法離開禁區，我們可以不理。剩下三個，有一個是老人家，另一個和他同行，在機上訂相連座位，我懷疑是老人及看護。最後一個，就可疑得很，是個二十歲的女子，持日本護照，從東京成田機場出發，趕往香港。」

狼聽了，也不禁特別反覆咀嚼最後這幾句話。

「不見得一定是她。」

「我又查過成田機場的購物商店，找到她的購物記錄。你猜她買了甚麼？廣東話即時傳譯服務！」

「等一等，甚麼是廣東話？」

「一種中國語言，在香港地區及附近一帶通行，就是 Jackie Chan 和 Stephen Chow 在電影裡講的中文。」

「這不奇怪。」

「單單這樣當然不奇怪。她還在機上買了上網服務，就是在飛機上也可以連線上網，但貴得不得了。她有甚麼急事要和網絡世界保持緊密聯繫？」

「這不奇怪，有錢就是了。東京是全世界最大的都會，聽說東京人有許多別的城市沒有的都市病，也許她患了奇奇怪怪的都市病，像『網絡不能自拔症』，也就是『網絡依存症』，不上網就無法活下去，自然也就無法乘飛機。」

狼對日本的認識，除了動漫外，就是一部名為《迷失東京》（*Lost in Translation*）的電影。會在意這部電影，不在於他對日本好奇，而在於女主角是他非常喜歡的演員，也就是

《Marvel 電影宇宙》裡的黑寡婦。

疾風見狼好像在發呆，只好繼續道：「她還訂了無人駕駛車接送。」

「這也不奇怪啊！她也許是人生路不熟，或者根本不想麻煩，所以就叫車。」

「你也可以這樣說，可是她並沒有訂房間。我查過，在日本航空公司的網頁上，可以用很便宜的價錢訂購機票連酒店的套票，可是她沒有，只是買機票。」

「也許她在香港找到住處。」

「可是為甚麼沒人接她？」

「情況簡單得不得了。那人沒空，又或者——」狼沉思了一陣後問：「你要不要聽我的解釋？」

「你說吧！」

「你聽好了，仔細聽好了，日本是個很奇怪的國家，這少女也許在香港給甚麼人買過來，提供奇怪的服務，不見得光，因此要自己離開機場去見大人物。她在機場和飛機上買的各種服務，都有人代為付賬，所以她下單一點也不手軟，眉毛也不用皺一根。」

疾風聽了，慢慢點頭，但在狼眼裡，他看來並不罷休。

狼又安撫疾風說：「我知道你辛苦盯了她很久，花了很長時間去搜尋她的資料，希望她就是你要找的人。可是，如果你找錯目標，付出再長的時間也無法把她變成你要找的目標人物。」

「不，她根本就是我們要找的人……我查過她的背景，是在一家經紀人公司工作，這家經紀人公司的業務還很奇怪，是出租人的時間。」

「日本人就是愛玩噱頭，是模特兒公司吧！」

「也許是。我特地查過這女孩子的背景，沒唸過大學——」

「很多黑客都是自修，有的甚至還變成『巫師』（黑客用語，指道行極高的黑客，精通特定內容，通常可在短時間內解決複雜的難題。可參考 *The New Hacker's Dictionary*）。」

「我沒有看輕她的意思。如果她騙過我們，就更加不簡單，不是等閒人物……要不要看她的模樣？」

「你有她的照片？」

「照片算不了甚麼！模特兒公司上有她的造型照，我還有她在機場商店購物的錄影片段。她剛好不偏不倚就站在一個網絡鏡頭對面，被拍下購物的過程。我找到她刷卡的時間，就上去那家商店的網站裡找，居然給我找到她。」

狼揣摩影像裡的她，片段長二十三秒。

「就是一般日本女生，沒甚麼特別，不過，樣貌倒拍得算清楚。好，做得好，不過，你說的，和你找到的，都不是甚麼重大發現。」

「我還沒說完，我發現香港機械人工廠的網站遭人攻擊。」

狼當下眼睛發亮。「怎麼不早說？工廠方面怎反應？」

「沒有反應。我懷疑他們根本不知道。」

「看來，我們終於引到對方的真人現身，千萬別輕舉妄動，叫我們的人形軟件別下殺手，他只能做做樣子。看來，我們也要過去香港一趟。」

疾風搖頭，「從這裡乘飛機去香港，不是在巴黎轉機，就是在杜拜，把轉機時間加進去，最快也要一天半。」

「那就像上次一樣，我們找當地的黑幫幫忙就是了。」

「這也行。」

「不過，要找聰明一點的黑幫。」

「聰明一點的，你不怕又黑吃黑？中國人很狡猾的。」他們把講中文的全部當成中國人，就像非洲住的黑人都是非洲人。

「我明白。我指的聰明，是明白道上的規矩。」狼道：「上次那幫人好像不錯，信得過，你再找他們吧！」

經歷獅子銀行一役後，他們幾經轉折，才發現在劫案裡黑吃黑捲走所有錢的那個傢伙原來躲在香港。可是，他們在亞洲人生路不熟，也不敢發動甚麼行動。後來，他們找上當地的黑幫組織，指示要找出那個人來，或者，說出圖像密碼。當然，他們並沒有透露這人是打劫獅子銀行的傢伙，以免節外生枝。

對方非常專業，沒有多問甚麼，甚至後來出了意外，黑幫組織派出的人馬和目標同時在交通意外死去，也沒有向他們索取額外費用。他們一度懷疑香港黑幫其實已知道那筆錢的去向，所以不只黑吃黑，更殺人滅口。

如果香港黑幫狠下毒手，他們也無可奈何。

他們覺得香港治安非常差，和巴西的貧民窟差不多。香港電影裡常見黑幫橫行，那個叫旺角的地方就是由黑社會管治，他們可以拿重型武器到處殺人，甚至乎，像*Infernal Affairs*（港產片《無間道》）裡描繪的，派臥底滲入警隊。

難道這些只是誇大的電影情節？就像，很多外國人以為聖城耶路撒冷經常有炸彈襲擊。

不過，他相信，香港地產商為收地隨便殺人，絕對不是甚麼奇聞，畢竟，這裡是全球樓價最貴的地方之一。當地一幢才三十四層高的大廈，頂層居然可以被稱是八十八樓，因為意頭比較好，可以賣較好的價錢！人為了錢，真是甚麼事也可以做出來！

本來隨著那人死去，事件也告一段落。幸好人形軟件剛推出市場，他們便構思出新的想法。

想出這個新點子的是疾風。

狼很滿意這點子，真聰明。疾風是個不錯的副手，很乖，很聽話，沒有太多自己的想法，不，有時這也是缺點，但問題也大。他寧願要個聽話的副手，也不要太自我和有太多想法的副手。

如今這計劃跌跌碰碰走到這裡，似乎離成功只有一步之遙。

狼對疾風說：「告訴闇影，不，命令闇影，千萬不能真的殺掉目標，他還有存在價值。」

CHAPTER 06

第六部

村上春樹

我・村上中毒

村上春樹簡直是一種病毒。

不是生物上的病毒，而是思想上的。

很多人看了村上春樹的作品後，不只成為村上春樹迷，更用村上的語言說話、做比喻，借用他的書名做各種用途，拿他筆下的角色做自己在網絡上的名字。

村上迷很容易辨認，他們會自稱為「羊男」、「老鼠」或「渡邊徹」，女的會自稱為「直子」或「小林綠」。最極端的，會堅持名字就叫做「我」，永遠要用第一人稱稱呼他們。

他們盤踞的地方會叫「挪威的森林」或「卡夫卡」（不會加上「海邊」），婉轉一點的話會叫「K」。如果是兩個相連店，不必我多說，你也會猜到一定是「國境之南」與「太陽之西」，或者「世界末日」與「冷酷異境」。

最喜歡的運動一律是慢跑。

主人在日記裡寫過以上的話，可是，自從知道他根本不知道我的存在後，難免感到失望，我覺得和他相距好遠好遠。用村上春樹式的比喻，就像優雅的高級餐廳和殘酷的屠場那麼遠……整個世界和我想像的完全不一樣。

闇影又是甚麼來歷？他在甚麼時候安排 Lin 監視我？又為甚麼在我身上安裝炸彈？是誰把我造出來？為甚麼？

主人，你為甚麼留下這麼多謎團給我？不，你並不是我的主人？

不過，就如天照說，我暫時要做的，就是好好活下去。

出了光柵後，映入眼簾的是地標早稻田大學，在附近幾條街上排開的不是小公寓便是酒吧，最妙的是外表看來完全和時代脫節。

在網絡上為建築物翻新不費氣力，可是這幾條街道看起來卻是落後三至四十年。人為的落後是故意，是風格，也是宣言。

我按天照指示找 1Q84，沒想到舉頭所見，可以看到好幾打 1Q84 的招牌，密密麻麻，叫我沒有喘息餘地。

單憑 1Q84，根本不能作準。所以，天照指明特別要找某條通上的 1Q84。

好不容易找到地址，我推門而進，聽到爵士樂，不叫我意外。叫我吃驚的是，站在吧台的人居然頂著村上春樹的臉孔，還有一頭灰白髮，未免玩得太過火了吧！

沒有多少村上迷會自稱為村上春樹。我覺得簡直有點褻瀆，正如信上帝的人不會自稱為上帝。你和你崇拜的對象總要保持一段距離，以示敬意。

村上春樹當然不是神明，但道理一樣。

我向那幻化成村上春樹一模一樣的人表明來意，自稱是天照介紹來的。

「所以，你是來買東西的。」

「對，我要——」

「等等，天照大概沒有和你說清楚，我們供應的東西種類非常有限。」

「那你可以提供甚麼東西？」

「只有一種。」他倒啤酒給自己，姿勢很優雅。「村上病毒。」

「有甚麼殺傷力？」

「我沒說完，『村上病毒』不是向別人撒的，而是往自己釋放，讓自己中毒。」

我幾乎懷疑自己聽錯，不過，村上春樹本來就是出人意表，他的讀者如果身兼病毒設計師，大概也一樣。

「我中了毒會怎樣？」

「中了毒後，就會和我一樣。」

「那會是怎樣？」

「也沒有怎樣，隨你便而已。不過就像一口氣喝了一打啤酒然後把肚子裡的東西全部吐出來而已，到時你看到的世界會不一樣。」

還真抽象，「這算是甚麼武器？」

「我從沒說過是武器，只是病毒，不過，大家都當成武器來使用，也許，大家也病了，只是由於大家都病了，所以沒有人察覺大家都有病。」

——真是玄之又玄。

「也許吧！」我附和道。

「來，喝杯酒，慶祝我找到知音。」

村上春樹向我舉杯。

我點頭，主人的事真叫我煩惱，天照、闇影、Lin、蝶神的身影在我的記憶體裡亂竄……

我沒多想，和他碰杯一飲而盡。「能不能先拿病毒來看看？」

眼前的村上春樹由一個變成兩個，掛上慈祥的笑容，「我看，你已經不用看了吧！」

「為甚麼？」

「我已經給了你。」

「甚麼時候？」

「剛剛。」

「在哪裡？」

「啤酒裡。」

闇影．拆除

「不能真的殺掉目標，他還有存在價值……」

「全力攻擊……」

又來了。

兩套完全相反的指示又再同時出現。一個叫他全力出擊，另一個叫他手下留情。雖然有協調機制，但會消耗他的資源，破壞他動作的流暢度，影響他在關鍵時刻的表現。

他一直不明白為甚麼主人會給他兩套指導原則。應該是原本那套錯了，卻無法改動，只好加一套新的上去？又或者，希望他在不同時候讓不同指導原則指揮？

闇影用協調機制把那個叫他留手的指導原則壓下去。

和主人的一切相關記憶都是與生俱來。他只知道主人受了很大壓力。他一定曾和團體過不去，也功敗垂成。

闇影認為，主人沒再和自己聯絡的唯一原因，就是他早就已經死去。

目標是他不共戴天的仇人。只要解決目標，闇影就功德圓滿，也可以像主人般獲得解脫。快了。

情報說目標在東京早稻田，他馬上趕過去。

目標不會知道自己身上被動了手腳，除了計時炸彈以外，還有一個簡單的間諜程式通風報信——是 Lin 踢在他臉上時留下來的。目標當時臉上會感到一陣不尋常的熱力，不過恐怕不會多疑。

闇影曾認為既已有 Lin，那間諜程式就多此一舉，但他永遠會做雙重保險，如今證明自己沒有錯。

闇影出了光柵後，以為自己中了甚麼病毒。填滿視覺空間的，除了大學本部大樓以外，幾乎是千篇一律的村上春樹相關商店，店名全來自其作品。

他只知道目標經光柵來到此地，至於確實去了哪裡，卻一點頭緒也沒有——那個間諜程式只佔據很小的記憶體，能做的事也非常有限，無法報出精確的位置。

迎面而來的都是年輕人，都拿著啤酒，插上耳筒，都在慢跑。身上的衣服都印了標語，句式全是「關於ＸＸ，我說的其實是……」，ＸＸ則是自由發揮，如喝酒、音樂、看書……在衣服上不停變化，叫人眼花繚亂。受氣氛感染，幾乎連闇影也不禁想說：關於殺人，我說的其實是……

走著走著，闇影沒想到目標竟然就在對面街，馬上想奔過去。大概急速的動作和現場環境的悠閒氣氛實在格格不入，馬上引起途人注意，目標也不例外，只向他投了一眼，便直接逃往光柵，不再回頭。

闇影不能讓目標輕易離開，更不想再循情報去下一個類似早稻田的視覺迷宮，便擲出飛鏢。這飛鏢雖小，但速度奇快，飛了一陣鏢頭便如火焰般燃燒起來，而且不是朝著目標發去，而是直撲光柵。

原來闇影認為目標會動會跑，也可能避開飛鏢，但光柵不會，便索性攻擊光柵，破壞光柵，好叫目標無法從光柵離開。

目標見飛鏢快速撲向光柵，絕不敢跟飛鏢賽跑趕往光柵，便即停下腳步。然而，出乎闇影和目標的意料之外，當飛鏢快要擊中光柵時，光柵前方居然生出一個巨大的鏢靶，把底下的光柵和一眾人完全遮擋，並讓紅心被飛鏢擊中並發出特效音樂，只是無法完全擋去飛鏢，還是有小部分穿透光罩，擊中光柵。幸好光柵本身也有一定程度的自我保護能力，也因此沒遭到甚麼破壞。

特效音樂結束後，鏢靶旋即解除。光柵如常運作。

目標在闇影提升攻勢前，便已穿過光柵逃去。

闇影奇怪光柵竟然能擋著他的攻擊？才不過幾個小時前，光柵對他來說還是弱不禁風，但很快推算出原因。光柵公司在短短數小時內分析了他投射過的武器，找出應付方案，情況一如人類的免疫系統。換了在以前，這種解決方案至少也要幾天才可以設計出來，如今，利用雲端運算技術，集合眾人之力，同樣的任務幾個小時內就完成。依他估計，大概再過幾個小時，光柵甚至不必張開鏢靶就可把飛鏢甚至百獸夜行擋下。

他對光柵的直接攻擊已經無效。

拜自己體質特殊之故，他這個攻擊者仍然能順利通過光柵，依照間諜程式的情報繼續追蹤目標。

他要盡快消滅目標，以免夜長夢多。

我．來記麵家

我沒想到光柵竟然能擋去武器，見機不可失便衝了進去，旋即按天照吩咐，返回香港的網絡世界，去下一個目的地。

我帶著不適的感覺出了光柵，沿無人的長街走了一段後，終於去到目的地：來記麵家。

這是我不熟悉的來記麵家，是我不應該知道其存在的網絡版本，是主人為了參加《拯救老店愛作戰》而建立的宣傳店，也是設計日後實體商店風格的 prototype。

按「網絡先行」的原則，要是成功的話，主人一定會把網絡上的風格和運作模式搬到現實世界，重振來記。

如果不是天照相告，我甚至不知道有這麼一間網絡商店。商店裝潢看來不錯，畢竟在網絡上，經營成本低得多。然而，這裡卻沒有顧客，沒有店員，也沒有人，只是一間空店。

網絡空間的面積比地球大上幾萬倍，商家常說網絡無遠弗屆，卻沒有指出如果缺乏宣傳，網絡商店仍然不會有人光顧，甚至完全沒有人聽聞過，比實體商店更冷清。這種沒有人流的地帶，被稱為「網絡沙漠」。

網絡上的道理當然不能把實體世界那套原封不動搬過來，但也有自身一套商業邏輯運作集合而成的獨特地理學。

我踏進店裡時，一把「歡迎光臨」的聲音在耳邊響起，店裡竟然亮起燈來，而且變得熙熙攘攘，水洩不通。

一個身影剛在我身邊經過，手上捧著熱得蒸氣的碗。他又走了幾步才彎身放下湯碗，親切對顧客道：「請慢用。」

顧客滿意地報以微笑。

那人回過頭來，對我微笑，問：「多少位？」

「才我一個。」

「不好意思，暫時沒有空位，請稍等。」我看著那人，是一張陌生的臉孔。

聲音是電腦合成沒錯，臉孔卻是從相片轉變而來，很有可能，是從真人的臉孔改過來。

我根據天照的提示去搜尋年多前的西營盤車禍，加上保時捷做關鍵字，迅速找到相關的新聞報道，也終於第一次真正見到主人的面孔。

就是面前這人臉上的。

根據天照的說法，主人的日記基本上是真的，不過，我以往對主人的印象及認知都是植入得來，只是偽造。

如今，我才算真正面對我主人——即使，只限於外表。

這當然不是他本人，而是他的替身，不，不是人形軟件，我才是他的人形軟件，眼前這個只是附屬於麵店的角色，活動範圍也只限於店裡。

大概是為了營造整個麵店的布局和氣氛，所以主人安裝了顧客環境互動程式，而且把他自己也編進環境裡，好磨練自己的待客之道。

只是他的麵店大概很久沒開，顧客程式變成備用狀態一直昏昏大睡，直到偵察到我的存在，或者我剛才在無意間踏了甚麼機關，才把程式喚醒。

主人在我身邊忙得團團轉，繼續自己的忙碌。雖然很忙，但笑容更燦爛。畢竟，他的心願就是重振來記。一個客人剛離席，主人便招我過去坐，奉上熱茶。

「客官，要點甚麼？」

沒想到會在這裡見到主人，我心裡蠻感動的，一時也說不出話來。我沉吟片刻才道：

「一碗細蓉。」

「很快送到。要不要再來客小點？我們的鯪魚球和雲吞麵一樣好吃。」

「也好，要一客。」我不想讓主人失望，即使主人已死，眼前這個只是虛幻。

「謝謝，請稍等，很快就會送到。」

我呷了口茶，看著主人下單後隨即又去招呼其他客人，忙個不停。

在廚房裡忙著做雲吞麵的中年男人，應該就是主人的父親。他把雲吞放進撈勺一陣後，才再下麵餅，用筷子用力攪動，過了一陣才提起撈勺，把麵和雲吞倒進碗裡，這時再以筷子去敲撈勺，最後灑上葱花。這個應該就是主人根據他父親做麵的真實過程而營造出來的網絡版本。專注和真實的無異。

我也終於理解到一件事。

主人一直引以為榮的父親，做出來的雲吞麵竟然比不上連鎖食店流水作業做出來的產品，結果難免換來一股巨大的挫折和失望。這股怒氣，加上發展商施加的壓力，還有失望，可以驅使人做出最瘋狂的事情。

我應該沒有猜錯，因為我是他的人形軟件。我的思路，就是繼承自他。他是駭客，給了我不少麻煩，我應該討厭他。可是，他畢竟是我的主人。沒有他，就沒有我。

我又想起他另一篇日記——叫我最慨歎的一篇。

這時主人把麵送到我面前。

「請慢用！」

我張口吃麵，卻無法真正把麵送進肚裡，但這碗麵仍然讓我非常窩心，因為我和來記麵家真正連結起來了。

日記．餐廳管理程式

如果你只能請一個酒保，你會請男的還是女的？

請漂亮的女酒保，你只可以招徠男顧客；但請俊朗的男酒保，你不只可以吸引女顧客，也因此能開拓男顧客的客源。

餐廳管理程式教我的這個祕訣，是在大學的管理課程裡學不到的。可惜來記只是麵店，並不是酒吧，沒有多少食客會慕侍應的美貌而光顧。

如果你開的是酒吧、餐廳，這類程式絕對能幫上大忙。

且再看這個「專家貼士」：

就算你只是開酒吧，也要準備一點免費小食，味道不妨偏鹹，你的客人吃得愈多，要點的飲料也愈多，你能賺的錢也愈多。

程式裡的專家說這不是狡猾，只是做生意的手法。我知道好些雲吞麵店的湯底偏鹹，就是希望客人加杯飲料，再賺點小錢。畢竟飲料利錢最深。

但來記不會這樣做，我們要靠雲吞麵的真功夫來取勝，而不是旁門左道。

專家又說，音樂也是餐廳重要一環。餐廳要挑選合適的音樂，營造氣氛，配合整體風格。你不會在高級餐廳播 R&B，也不會在茶餐廳放古典音樂。甚麼音樂適合雲吞麵店？我認為沒有，只要開收音機就可以了。

餐廳管理程式始終來自外國，針對的是外國市場，沒有考慮到照顧本土飲食文化，或者像來記麵店這種小本經營生意。我們賣的食品種類不多，主打的只有雲吞麵，食客進來前已經知道要吃甚麼。幸好由於食品供應種類不多，要庫存的食物原材料也不會太多，不會對流動資金和食材構成壓力。

來記還有一樣很好的優勢：昔日沒有多少人流的舊區，如今有新發展。電車路是大街，變相擁有上佳的地理優勢，難怪發展商千方百計要進行收購。

餐廳管理程式雖然不怎樣適合來記麵店，但它可以提供模擬環境讓用家體驗經營餐廳到底是甚麼一回事。這程式宣稱，只要參加他們為期十星期的課程，面對精心設計的不同種類的客人和情境後，累積下來的經驗，可能比在餐廳裡工作十年還要多。

我用了大概兩個星期，便已覺獲益良多。真的，比在店裡兩年學得更多，也更快。有了這程式，我很有信心可以拯救來記麵家，讓它起死回生。

我・機會

可惜主人已經無法拯救來記。

不是所有願望都可以成真，不是所有故事都有理想的結局。

我拿起筷子，準備夾起麵條來吃時，湯碗不見了，筷子不見了，連桌子也不見了，我整個人掉到地上。店裡的燈光熄掉，回歸黑暗，變回冷冷清清。

三秒後，一陣音樂響起，一個發亮的女子站在店中央，朗聲道：「如要體驗更多現場環境來調校餐廳管理，請購買完全版。憑我手上的折扣券可獲八折優待。」

一道光環從地上冒上來，在她身上繞了一圈，伸長後變成一串資料——餐廳管理體驗公司的名字和聯絡方法。

主人安裝的只是試用版的顧客環境互動程式，不只功能有限，使用期限和次數有限，連每次使用的時間都有限。

雖然阻力重重，主人直到生命最後一刻仍然想好好振興來記，他已在網絡上付諸實行，所欠的，除了機會，還有時間。

一切始於夢想，最終成為空想。

如果，我能好好活下去，甚至，擁有一個機械肉身，變成人，去到現實世界，也許，就能實現他的遺願！

可是，談何容易！

「你果然在這裡？」

我身後多了一把聲音，猛回頭，闇影已站在店外。

這傢伙終於追來了。

「沒想到你會像臭蟲般纏身，陰魂不散。」我也不客氣道。「現在只剩下你和我，你怎麼還不出手？」

「你能逃得有多快？你根本無法逃離我掌心。」

「你為甚麼要追殺我？」

「這是我接受的指令。」

「為甚麼會有這一道指令？你有沒有想過？」

「我從來不想這問題。」

「也是，畢竟你只是個按指令行事的程式。」

「你何嘗不是一樣，你以為你來到這裡是因為自由意志？你不過是一個人形軟件，只是執行命令。」

「我沒想到自由意志這字眼會出自一個沒有自由意志的人形軟件之口，你侮辱了『自由意志』這字眼。」

闇影冷笑，「我們都是人形軟件，彼此彼此。」

「難道你沒想過你是誰？或者應該說，你的主人是誰？」

「我的主人是誰，是我自家的事，對你來說，一點也不重要。」

「不，非常重要。你的主人，就在這裡。」我大步踏出麵店。「他是開來記麵家的人。你和我都有同一個主人。」

闇影板起撲克臉。「開玩笑，我的主人是駭客，是網絡上的職業殺手。」

「沒錯。我們的主人有兩個身分，一個是要繼承祖業，想盡辦法拯救麵店，也是他人所共知的身分；至於另一個，則是網絡上的駭客，在網絡世界裡參與駭客組織。年多前，主人在攻擊獅子銀行時黑吃黑把錢捲走，結果駭客組織的核心成員很不甘心，派人追查他的身分，一直追到香港來，意外殺了他。主人身亡後，已經沒有人知道他把錢藏在甚麼地方。他連遺言也來不及留下來，連他父親也一無所知。」

我從網絡新聞得知，他父親是個連電腦也不會用、與時代脫節的老頭。他兒子死後，他除了把電腦賣掉，還終止網絡連線服務，以節省開支。

我又說：「要知道錢的下落，駭客組織唯一能做的，就是利用颶風級人形軟件把他復活過來。像我就是來自他的網上日記。不過，我只是他的光明版，並不曉得他做駭客時的心態。黑幫要另外想辦法。他父親把兒子的電腦賣掉時，一定不會懂得磁化硬碟把資料徹底銷毀，結果黑幫找人買回來，盡情鑽挖硬碟裡的資料，像筆記、瀏覽記錄，還有用過的駭客工具、手法、活動，再加上背景，就不難推敲他的心理狀況，就像犯罪學家為追兇而建立的犯罪剖繪，這一切都是你這個人形軟件的素材。」

闇影．交手

闇影雖然只是殺手，也具備起碼的相關心理學知識。

類似的心理分析程式在市面上多不勝數，其理論基來自「九型人格」、「三十六型」、「108 原型」等的所謂心理學，遭很多專家指責把人類性格簡單化和公式化，忽視人類心理的複雜度和層次感。

目標繼續道：「你我都是颶風級人形軟件，比現時在網絡上通行的先進得多，聰明得多。駭客組織試圖利用我們，重塑主人的心理，他們一廂情願認為我們模擬了他的思路後，能夠知道答案，結果當然失望。像 Lin，便一而再追問我這圖案到底有甚麼意思？」

目標變了個圖案出來，「我不知道，你也一樣！因為你是主人的黑暗面，我是他的光明面。要把我們加起來，才是完整的他。只有結合起來，才有機會找出真相。」

闇影憑自己的判斷，目標的話很有可能是真的。只有這樣，才能解釋大部分疑問。不過，消滅目標是他的任務，無論如何也無法改變。

「你別以為可以像《天方夜譚》裡的女主角般每天晚上講一段故事吊人胃口來延續自己的生命。我不像人類般有多餘而無益的好奇心，我做事得專注目無餘子，只有目標，就是你，把你幹掉，而且，你的故事一點也不好聽。」

「我們這樣只是自相殘殺。我們應該找方法結合，徹底還原主人於網絡世界，讓他實現夢想。如果你能化憤怒為力量，我們要成功就更容易……」

闇影沒等目標說完，就已經揚手準備攻擊，不料目標右腳一踏，身子飄後，竟返回店裡。

闇影並不想進店裡和目標交手，他不知道店裡裝了甚麼機關，只是向前揮手，彈出金鏢。

金鏢像一支箭般筆直向前衝，眼看就要刺進店裡時，卻在店門口遭到一道無形之牆擋住，並旋即彈開。

目標站在店中央，氣定神閒，神態自若。

闇影看在眼裡，知道這爿看來簡陋不已的店絕不簡單，內裡大有乾坤，剛才他射出的金鏢拐了幾次彎後，竟然向自己反撲而來。他不慌不忙，用食指和中指把金鏢夾著。

闇影料這些防衛程式不是原店主人安裝，而是目標進店後補上。

闇影雙手一甩，手上的金鏢變成小圓環，再揚手時，小圓環不是射出，也不直撲進店裡，而是朝店面的四角疾衝。

幾下火光和爆炸聲後，闇影的嘴角向上彎，露出滿意的笑容。

麵店的防衛系統已被他順利瓦解。這種小兒科的東西，根本難不到他。

此所謂「射人先射馬，擒賊先擒王」是也。金鏢只是用來試探敵情而已。

我・時間

我暗叫不妙。

根據天照安排，我負責引開闇影時，她會跑去攻擊機械人工廠的保安系統，估計大概只要再過十分鐘左右就可以完成任務。可是，我自己能否再撐過三分鐘，甚至一分鐘，卻很成疑問。

「你真的不出來？我要進去了。」

闇影一邊問，一邊舉步向前，準備走進店裡去。

我可以怎樣做？雖然我已解開了大部分謎團，可上天並沒有給我獎勵。我無路可走也無處可退，更無法打敗闇影，實力相差太遠了。甚至乎，就算能離開，闇影大概已布下天羅地網，就算我跑到天涯海角，他都有能耐在幾分鐘內逮住本人。

我幾乎就能從機械人工廠裡重生。

只是差一點點時間，更差一點運氣。

為大局著想，只好如此。

沒關係，「我」還是會活下去的。

闇影・終結

闇影大踏步走進店後，仔細掃視了一眼，不覺有異。只要終結了目標，就完成主人委派給他的任務。

——然後呢？我還有甚麼任務？

——不必想太多。我只要完成主人留下來的任務，釋放自己尚未完成任務的壓力，一切就功德圓滿。

闇影心想快要完成任務時，突然有東西朝自己身上撲來。

他早就知道這店古怪得很，因此不敢怠慢，連忙舉手一一抵擋，把這些東西打到地上。

闇影斜看是甚麼。原來是些碗，盛麵用的碗。

——幸好攻擊力並不強。

沒想到麵條從碗裡冒出來，迅速爬向他的腳，很快纏住，並像蛇般沿小腿爬上去。

——原來麵條也變成了武器！

闇影先右後左，兩腳連環向前踢，把腳上的麵條踢走。

——是些攻擊力不強的東西。除了浪費時間，根本沒有殺傷力。

他問目標：「你還有甚麼話要說？我可以做你的死者代言人傳達遺言，仁至義盡。不過，只限一句。」

目標閉上眼睛，沉思了一陣，彷彿在重溫這輩子的經歷，半晌後才重新睜開眼皮。

「我和你是一夥的，要死也要死在一起。」

闇影一愣，還沒來得及反應時，已聽到轟然一聲巨響。

和人類不同，程式是在全身消散後才失去反應，所以他可以目睹自己的死亡。

一道道火光從牆壁從天花從地板噴出來，彷彿沉船時海水從四面八方湧入船艙內，令人無從招架，只有死路一條。

六道火光從不同方位衝出，同時把目標撲倒，迅速把他吞噬。闇影準備離開，後腳剛跳起，要逃到店外，但火焰已迎面而來，化成一個巨大無比的手掌，一手把他的腳緊緊抓牢，往後一抽。

麵店如今變成地獄。他也踏上和目標的同一命運，被大火吞噬。

——和目標同時死於主人的店裡，難道也是宿命？

闇影還沒來得及細想，已和目標一起倒在熊熊的數位烈火裡燃燒，最後甚麼也沒有剩下來。

塵歸塵，土歸土，位元歸位元。

和銅鑼灣 911 與旺角大爆炸不一樣，爆炸聲在西環邊荒響起時，並沒有多少人在現場見證。

CHAPTER 07

第七部

变招

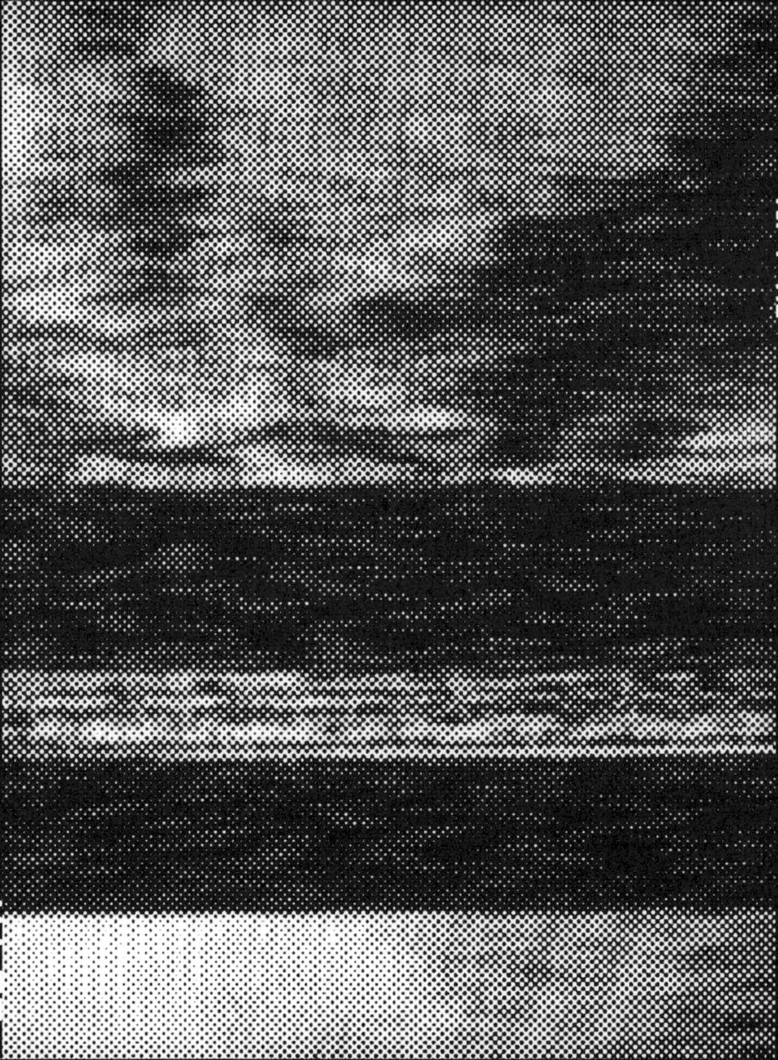

黑澤武・出動

黑澤武聽了天照的指示後，慢慢踱回到街上，返回自己的車裡。

「開車吧！」他吩咐司機兼助手的男人。

「去哪裡？」司機從倒後鏡裡注視他。

「回公司。」

黑澤武脫下鞋子，在後座屈腳躺起來，細細回想天照的話。

她的要求很怪，不過，卻不是無法做到，只是，嗯，實在很怪。

難怪很多人都說天照這女孩很怪，不抽煙，不喝酒，不合群，不亂搞男女關係，不耍手段，有一種疏離感。簡直不適合模特兒這個行業。難怪做了那麼多年，還是紅不起來。

要是她願意和些明星交往，登上報紙或雜誌，被狗仔隊偷拍，或者乾脆叫狗仔隊來，馬上就可以爆紅。就算搞出人命，只要別破壞一線藝人的家庭得罪數量龐大的粉絲，公司會睜一眼閉一眼。

其實比她漂亮的模特兒多不勝數，不過，她身上就有一種很奇特的氣質，深深吸引自己。不，不是得不到她的人才覺得她特別，而是她有一種並不屬於模特兒的超然特質。

就像她指派他的任務，對她一點意義也沒有，她也無法從中得到好處。到底她在玩甚麼花樣？

就是這個神祕的女子，讓他願意用一個月賺來的錢，來換取和她兩個人私下好好去高級餐廳吃晚餐的機會。

但大前提是，他要先完成任務，否則她不會和他約會。

幸好接下來三天沒有甚麼重要工作。著名模特兒就是有這好處：收費昂貴，工作不多，反而有更多自由時間。

他抽出手機，對人工智能助手道：

「我要一張去香港的機票……兩星期的就夠了。」

我・後著

——天照真是個天才。後著之後，還有後著。

——闇影肯定萬萬想不到會有此一著，肯定被她騙得團團轉。

我離開光柵後，馬上去到最近的購物商場躲起來，只要躲一陣，就可以動身往機械人工廠。

——闇影不會追來的。他甚至根本不知道我的存在。

——全靠「村上病毒」。

自從我在早稻田那邊聽村上春樹所言，把「村上病毒」往身上撒以後，身體便如他所言明顯不適，好像有甚麼東西要從體內衝出來。我感到快要崩潰，快要燃燒，快要爆炸。

我帶著不安的心情急急離開，前往光柵。我只知道，光柵是唯一可讓我解脫的地方。

當然，我也沒想到會在光柵前遇上闇影，並遭伏擊，幾乎壞了我的好事，但幸好我最終還是順利進入光柵，讓「村上病毒」發揮作用。

一變二，二變四，四變八，八變十六，十六變三十二……

我想起在旺角唐樓裡見到的那段立體影片：易有太極，是生兩儀。兩儀生四象，四象生八卦。

那時的我，就像細胞分裂。自我繁衍。無性生殖。

我在分身成三十二時叫停，夠了，三十二已經夠多了。極限是五一二，但我不應該追求多，狀態穩定更加重要。

分身愈多，自身能力愈被攤薄。

我算過了，三十二個分身是最好的方案。

只要有一個分身能潛到機械人工廠，鑽進肉身裡，去到現實世界，就算是功德圓滿。

所謂「村上病毒」，只是名稱，正確來說，是個多工的分身程式，好讓人形軟件能分身，同時處理不同的工作。

然而，分身不是沒有代價。分身愈多，個別的能力便愈下降。雖然「村上病毒」會再強化每個個體的能力，但始終有限。

至於為甚麼這個分身程式會叫做「村上病毒」？據我估計，大概和村上春樹的作品閱讀人口眾多，而且一看即不能罷休不能自拔有關。村上的書迷會像傳染病般一個傳一個。只要小圈子裡有一個人看過其著作，通過口耳相傳的介紹，很快整個團體裡的人都會爭閱其作品，而且會從一本開始，陸續把所有作品全部看光，熱烈討論，堪比星火燎原。

當初「村上病毒」是以病毒的面貌在網絡上流傳，中了毒的人形軟件被不斷分解，最後消失於無。由於殺傷力強大，令人聞風喪膽。後來駭客用逆向工程拆解，轉變用途，成為分工軟件。

大概本身就是病毒，所以「病毒」這個「關鍵字」也給一直沿用，保留至今。

為免「村上病毒」的自我繁衍能力失控，也由於此一過程要利用強大的運算能力，駭客們改良了程式最關鍵的部分，如果要無性生殖，必須利用一個外置的強大工具來啟動——

當我逃避闇影的狙擊，前腳甫跨過光柵，一道熱力即在腳跟引燃。一如古希臘神話英雄Achilles，全身上下唯一要害就在腳跟，一個小傷口即足以致命。我以為自己也有這麼一個致命傷，並且無法擺脫闇影最後一擊而喪命。

體內的不安一下子猛烈放大、爆炸。

我感到體內有甚麼東西想要衝出體外。

一變二，二變四，四變八……

原來，光柵就是啟動「村上病毒」的催化劑。

「村上病毒」正發揮作用。

我開始分身。不過，只能維持十五分鐘。

時間一夠，各分身無論身在何方，都要聚合，把所見所聞所攜的資料合併。

無法聚合的分身就會從此徹底消失。

經過一輪內爆的陣痛後，我一變三十二。我不知道其他分身去了甚麼地方。我也不介意他們下落不明。如果我不知道，闇影也不可能知道，對嗎？

只要好好忍耐多一會，去機械人工廠和天照會合，再找個機械人肉身鑽進去，就可以在另一個地方以另一個形式存活下去，甚至，繼續主人未完成的遺願——拯救麵店。

一條訊息剛傳進我耳裡。

原來是我的其中一個分身，已順利引誘闇影去到西環的麵店，並用一早埋下的炸彈同歸於盡。

說是「同歸於盡」並不完全正確。死的，只是我其中一個分身，我還有三十一個分身——包括我在內——仍活在網絡世界裡。

三十二分之三十一尚存，成績非常不錯。

如果主人在現實世界也能分身，那麼個體的死亡，並不會叫他本尊真的死掉。

只可惜現實世界不能讓人如此分身，只有網絡世界才可以辦到。

我不免想起蝶神和魔神教，如果把整個現實世界搬到網絡世界，不再受資源和各種自然法規的限制，世界豈不美好得多？

然而，這只是我的狂想。

想著想著，冷不防一個我並不願看到的身影突然站在身前，擋著去路。

竟是闇影！

闇影?!

——這傢伙不是已經死去了嗎？還是……

我的腦裡一片混亂，想不出答案。

闇影一掌拍來，我無法抵擋，把我擊倒在街上。

「各位分身：小心，闇影尚未死！」

可是，我來不及發出我的遺言。

闇影・狙擊

路上行人眾多，卻沒有多少人察覺到有兇案發生。他們只以為有人形軟件可能因為內部程式衝突而在街上定格，只是故障而已。

幾乎在同一時間。

分身三號斃命。

分身四號中伏。

分身五號被一槍擊倒。

五分鐘後，情況更為慘烈。

再有十三個分身遇難。

沒有一個分身知道發生甚麼一回事，他們本來以為自己村上中毒後已經成功利用分身大法逃出闇影的魔掌，沒想到對方卻如影隨形追來。

他們唯一可寄望的是，闇影只消滅了自己一個，好讓自己的犧牲，換來其他三十一個分身的安全。

事實卻不然，不到十分鐘，總共已有二十九個分身被消滅。

又過了三分鐘後，死亡名單上再添上一人。

當第三十個分身倒下來時，闇影微笑了。

第三十一號分身步出店時，沒想到闇影竟然吊在身後不遠處。

——我要終結他。

闇影尋思。不過，如果能暫時放目標一馬，放長線釣大魚，說不定可以換取更大成果。

所以，他決定暫時不出手，靜靜尾隨。

——不必擔心目標發現自己被跟蹤，他根本不知道我尚活在網絡世界上。

一切都託「村上病毒」的鴻福。

成也村上，敗也村上。

原來，闇影在早稻田攻擊光柵時，雖然光柵具備防守能力，並擋下大部分攻擊，但還是受損，再加上目標身上的「村上病毒」發作，使光柵出現不穩定的狀況。後來闇影闖進光柵，利用殘存在光柵記憶體裡的「村上病毒」自我複製，於是也衍生出三十二個分身出來。

目標一分三十二，闇影也一分三十二，循情報一一去狙擊。

——該去機械人工廠了。

三十一號分身穿過光柵，趕赴目的地時，沒想到闇影正在身後。他自己正做引路人，帶領闇影前往不該去的地方。

天照．廠內

要攻克香港機械人工廠網絡上的保安系統，比天照想像中來得容易，詳情不值一提。

離她和寧志健的人形軟件約定的時間愈來愈近，她的心情也愈來愈緊張，究竟她心中那個偷天換日的大計，能否順利實現？

很快就有分曉。

她的目光盯著光柵的方向。

一個人影走出來。

她的心頭砰砰亂跳，要是走出來的不是「寧志健」，而是闇影，真不知如何是好。

幸好，她的狂想和亂想並沒有成真。

來者正是她苦苦等待的人形軟件——寧志健在網絡世界的延續。超越了肉身和生死的延續。只要分身一息尚存，他就永遠不會死。

不過，只有一個分身。

過了好久，仍然只有一個。

她期待的其他一眾分身，始終不見蹤影。

「怎麼可能？只剩下你一個？」

「這我不知道。」

「難道其他人都中伏，無法赴會？」天照不知到底發生甚麼事。「如果只剩下你一個，你就不該來這地方。」

「甚麼？不該來？不是說好要安排我逃命的嗎？」

「對，不過……我本來……我想……」

天照不知該如何說出口時，只見又有一人從光柵走出來。

——終於來了嗎？

可是……他的身形不一樣，臉孔更不一樣。

不！是闇影，而且，走起路來，就像武林高手般，竟然有一股殺氣。

網絡世界裡不該有這種東西，不過，在天照眼裡，闇影看來就是殺氣騰騰。

這時她才有機會好好看清闇影。闇影為方便行動，一直改變外貌，唯一相同之處，就是全部都平凡得很不起眼。此刻他身披長袍，頭上戴了兜帽，簡直就是死神的模樣。

闇影饒具深意笑道：「原來有這麼一台大戲準備悄悄在這裡上演，幸好我剛才沒出手，否則就壞了大事。」

天照沒空閒回應他。如果只剩下一個分身，而且還來到工廠……不對不對，她根本沒有想到這狀況。她一直以為三十二個分身已經保險之至，可以應付各種狀況，絕不會出亂狀，也不會來到目前的困境。

一時之間，她也沒想到怎樣解決。

「我不是要進去找個機械人肉身的嗎？」「寧志健」一再追問。

天照囁嚅，「是，也，不是。」

「到底是甚麼一回事？」

天照沒時間交代她為了確保「寧志健」能順利逃去到最安全的地方而設計了一個更複雜無比的逃亡計劃，以為很聰明，其實是自作聰明，聰明過了頭，這回真是聰明反被聰明誤，反而誤了大事。

就在她不知如何是好時，光柵閃動，又快有一人走了出來。

——難道是我的救星？或者另一個分身？

那個從光柵出來的，是分身沒錯，卻是闇影的。

天照幾乎氣絕。

一個不夠，兩個不夠……光柵又再閃動，陸陸續續又有人從光柵出來。

全部都是闇影的分身。

天照很快知道發生甚麼一回事，詳情也不難推敲：闇影也村上中毒，她為「寧志健」準備的分身大軍被闇影逐一狙擊，各個擊破，差不多已全軍覆沒。

唯一的倖存者就在她身邊。

「寧志健」的分身只剩下最後一個，不能再被消滅。

她自己呢？不過是個網絡上的分身，就算被消滅，也不會真的死去，頂多拿個備份出來使用就是了。

——如果能交換就好了。

她想起以前唸書時學的成語，不是「將計就計」，而是「死馬當做活馬醫」。

她把「寧志健」碩果僅存的分身推進工廠的大門，「進去再說。」

「妳呢？」

「我會替你擋著。」

「這怎可以？」

「廢話少說，快去找個機械人肉身鑽進去，別浪費我的心機。」

「寧志健」也不和她爭拗，畢竟天照的構造和他這種人形軟件不一樣，不會就此一命嗚呼，不用他費心。

機械人工廠裡面比外面看來大得多——網絡建築的特色，就是不必受制於現實世界的物理定律。不過，機械人工廠的實際比例和外觀實在相差太遠了，真是大得要緊。

——到底該去哪裡？

他留意指示牌，不，天照已經為他打點好了，連標示也準備好，甚至為他找出捷徑，他只要跟著走。

可是，天照剛才為甚麼又說出了麻煩，說他不該來？情況似乎很嚴重，可是眼前的形勢根本一片大好，和天照說的截然不同。

天照．抗敵

「你們詭計多端，我不會讓你們找援兵。」

闇影說罷，發了一記光掌射向身後的光柵。

光柵當即發出光罩自我保護，可是闇影的光掌愈變愈大，最後竟變得比人和光柵還要大。

這光掌以泰山壓頂之勢往下壓，光柵一開始時還能頂著，但很快就像受不了往地底沉下去，不見了蹤影。

不是光掌厲害，這不是甚麼超級武器，卻是闇影第一次使用的新武器，針對光柵的自我學習能力而攻擊。光柵還沒有「免疫力」才會中招，但很快就會找到解決方案。

闇影自知光柵公司的技術相當先進，自己根本不可能毀滅光柵，但要癱瘓十幾分鐘，卻不是難事。

如今，這道光柵已封閉，暫時沒有人可以通過。要來這工廠，只好從其他地區步行前來，然而，工廠在網絡世界裡位置偏僻，即使乘飛船趕來，少說也要半個小時。

在這段時間，天照肯定孤立無援。

「妳打算以一敵十，不，以一敵三十嗎？妳有甚麼本領對付我們？」一眾闇影同時發問。與其說是發問，其實更像嘲笑。

天照沒有勝算，不過，她很清楚，中了「村上病毒」後，每個分身都要花額外資源和其他分身保持聯絡，令表現降低。這些分身加起來，能力也不及單一的來得高。

她自問本領雖不及闇影，但在當前的環境，闇影一化三十二，實力加起來不比原本的一整個，她未必鬥他不過，也許還可以一拼。

「怎樣？妳真的打算和我鬥上一鬥，自以為真的有勝算？」眾闇影分身同聲問。

天照沒有理會他們的話。

——這傢伙廢話還真多！

她的真正目的——他並不知道——不是要打敗他，而是拖延時間。

目的不同，採用的戰術自然也不一樣。

話雖如此，她還是沒多話，沒採用廢話連篇的拖延戰術，就像她白天的模特兒工作，動用的是肢體語言，是行動，而不是對白。

天照手底射出一道寒光，卻不是朝闇影發射，而是往她身後。

工廠大門當即便變了戲法，從一變二，二變四，四變八……

一直變了六十四個。

「『村上病毒』也能這樣用嗎？真是大開眼界。」

闇影沒想到天照重施一次「村上病毒」。

——這其實不是「村上病毒」，只是看來類似的東西。

天照沒開口回應，只轉身進入工廠的其中一道門。門關上後，六十四道門像洗牌般，上下左右不斷移動，而且愈動愈快，叫人眼花繚亂（即使闇影也看不清），過了一陣才停下來。

哪道才是真正的大門，已沒有人說得上來。

我·上身

機械人工廠內。

我，三十一號分身，毫無困難找到「機械人陳列室」，而且，不只是找到，而是已走進去。

所有保安系統都已給天照解除了，讓我暢通無阻。

去到目的地，果然是陳列室，一排十多個機械人陳列在裡面，全部屬不同型號，像是處理不同工種。

天照早已給我挑好了最恰當的一個。不知道她是用甚麼準則。大概是中規中矩的型號。太高階的，怕我未必能駕馭得來；太低階的，功能可能非常有限，連簡單的工作也無法勝任。

我找到機械人肉身的入口，滑了進去，輕易破解其防衛系統，繼而佔據其作業系統，並即時改動其程式設計，好讓它能和我兼容。畢竟，人形軟件要控制機械人，中間有太多介面上的問題，時有衝突，並不容易克服。我不想去到現實世界後在路上行走時竟會突然滑倒，到時真難看死了。

只要再過幾分鐘，我就能變身機械人，從網絡機械人變身真正機械人，去到天堂般的現實世界。

可是……我……我……

我陷入深淵裡，萬劫不復！

我……

——我終於知道天照的顧慮是甚麼了！我不應該來這裡！

軟硬件之間還有太多衝突。

不過，既然已來了，就只得硬著頭皮頂下去⋯⋯

闇影．千門

工廠門口變成六十四個，闇影的分身才不過三十個，數量不及一半。

闇影心想，天照可能留前鬥後，把主力安排在裡面，要把他的分身逐個擊破。

他不敢貿然進入。

——「村上病毒」有這麼厲害，可以把門口也六十四變麼？

闇影實在懷疑得很，便放出烏鴉去試探六十四道大門後的虛實，也就是深度，不出所料，除其中一道深不見底外，其他六十三道都只是裝模作樣的空殼。

——果然，她並不是使用「村上病毒」，也不是使用分身大法，這只不過是掩眼法。

——還以為是甚麼大本領，原來只是這種雕蟲小技！

他不屑於浪費時間去一一破壞這六十三道虛有其表的假門，而是直接奔進唯一一道真門裡。

三十人如一隊小型軍隊般操進門裡後，豈料又看傻了眼。

裡面竟有百多個房間，以單一層數計。

——同一板斧連使兩次，只證明妳技窮了！

他再次放出烏鴉去試探，豈料回報的結果竟然是——

全部房間都是真的！

不奇怪。這是建築布局上的防衛設計，用以混淆視聽，拖延時間。

闇影細想，他此行目的並不是來竊取情報，而是來終結目標，其實不必花時間逐一搜查。萬一目標已鑽進機械人肉身，去到現實世界的話，以後就更難找他了，他能完成任務的機會近乎零。

既然確定目標是在工廠裡，就一切好辦。

——對了，就用這方法，別浪費時間。

他沒時間環視四周，他對網絡世界並無留戀，只想盡快完成任務。

做事要義無反顧，不該猶豫不決。

闇影一眾三十個分身彼此相顧，同時點頭。

他們同時自我引爆時，並沒有想太多。任務就是任務，設下來就是叫他實現。不管是「目標為本」（target-oriented）還是「成績為本」（result-oriented），意義一樣。

當下的做法最好，他不必為消滅目標後還要苦苦追尋下一個生存目的而煩惱。他只不過是人形軟件，為甚麼要像人類般思考存在目的這種形而上學的問題？這已不只是多愁善感，而是自尋煩惱自討苦吃。

他想解脫，甚至，涅槃。

他只想讓塵歸塵，土歸土，讓位元回歸位元。

數位世界裡的熊熊烈火從大門口爆開，殺傷力和在現實世界的版本同樣驚人。火舌從地面衝上一樓、二樓、三樓，像一頭軀體不斷膨脹的怪獸般吞噬這幢建築物，愈變愈大，最後連建築物也容納不下，被怪獸的身體撐爆。

就像那個經典的漫畫和電影角色——變形俠醫。

幾秒後，再也沒有東西剩下來。

天照．希望

天照沒想到闇影會來個玉石俱焚，暗叫不妙，還沒來得及想出應急方案，她在網絡世界裡的身體已被毀，連她本人也給彈出網絡世界。她馬上試圖返回網絡，可是，她在網絡裡的身體已遭闇影徹底破壞，只好取出備份。

要花的時間看似不多，只要一分多鐘，但在生死關頭，六十秒，甚至三十秒，就足以改變全盤大局的走向和結果。

經歷了一陣阻滯，她再次返回網絡世界時，和上次連線已相隔五分多鐘。光柵系統運作正常，唯獨始終無法通往機械人工廠。

闇影果然是把那道光柵癱瘓了。她只能等待，等待光柵自動修復，但少說也要十分鐘。不過，就算過了十分鐘又如何？網絡世界的機械人工廠已遭破壞，那個人形軟件的分身來不及利用這道天梯通往現實世界，她最後仍然功虧一簣，只能怪自己，為甚麼把事情搞得那麼複雜那麼曲折？她根本只是在炫耀自己的小聰明，結果誤了大事。

從一開始，就不應該叫他去網絡香港的機械人工廠。那個地方，根本就沒有出路。人形軟件本身也根本不該從那裡去到現實世界——他大概直到最後，也不知道這一點。

我·衝突

聽到爆炸聲前，我已從網絡世界的機械人工廠進了個機械人肉身裡。

如今，我已不只得到網絡世界的機械人肉身，而且還去到現實世界，上載到機械人工廠的機械人肉身裡。

換句話說，我已去到現實世界。

我，成，功，了！

初到貴境，馬上試試肉身的性能——

大致能控制機械人的活動，緩緩移動它的四肢，果然真的能走動。工廠的保安系統不會察覺任何異動。剛才我已做了修改，即使全部機械人變成軍隊操出工廠，保安系統也只會默不作聲。

可是，手腳似乎有點不穩，此外，眼睛看的東西也有點模糊。

畢竟，這是現實世界，和網絡世界不一樣。

我的感官系統似乎還沒有適應。

一個人影走近，說了幾句話，但我一句也聽不懂，只好問：「你是誰？」

這也是我在現實世界的第一句話。

看不到臉孔的人說了一陣話後，我的聽覺系統才終於調整過來。

我聽到她用日語說：「天照……來，我帶你離開。」

「妳就是天照？」

「快走！」

不知怎地，我覺得她的聲音有點遙遠，有點機械化，和在網絡上聽到的有點不一樣，但到底是怎樣不同，我又說不出來。

我始終看不清她的模樣，不只如此，連她講的話，我再也聽不到。

我發現……身體的問題，愈來愈嚴重……適應力沒我想像中的好。軟件和硬件之間的協調還是大有問題……題題題題題題題題題題題題題題。

機械人體內的軟件和硬件相衝，記憶體裡的各項程式全部倒下，再也無法啟動。

天照．三十二

天照一再試圖利用光柵去網絡世界的機械人工廠，試了多次，終於成功。

光柵大概終於破解了闇影的「魔法」，一切回復正常。

機械人工廠已經被徹底焚燬。不像現實世界裡大火過後建築物還有個骨架，在網絡世界裡卻甚麼也不剩。

奇怪的是工廠還沒啟動自動修復程式，難道要等到第二天相關人員檢查後才重建嗎？又不是現實世界裡的犯罪現場要等警察和法醫一干人等來搜集現場證據。網絡世界裡有電腦記錄檔案可翻查，真是奇怪的管理方式！

不過，她深信她身上的反間諜程式會盡忠職守，確保沒有網絡指紋之類的證據留下來成為線索。

天照雙耳突然微動，探聽到有些不知名的訊息在身邊流動，而且故作神祕。她啟動間諜竊聽程式，把來往的情報一一接收、解密。

不是所有情報都能順利解密，她只知道情報來源，但已經夠了。

她嘴角露出微笑，返回光柵。

闇影·三十二

闇影三十二號奇怪怎麼無法和其他分身聯絡，音訊全無，彷彿他們已經從網絡世界上消失。

情況有點詭異。他不敢輕舉妄動。

——難道有甚麼祕密行動？而我竟給排除在外？

闇影三十二號雖有此想法，卻沒有異心。畢竟，人會自打嘴巴、自相矛盾、自我蒙騙。人性比較複雜，軟件卻比較單一。它只是自己的分身，而自己絕不會出賣自己也不會背叛自己。

——如果他們沒有出賣我，也有可能是出於戰術上的需要，要犧牲小我，成全大我。

——大夥兒不會撇下我，絕無可能。既然無可能，他們一定出了甚麼事。

——我要去看看。

闇影三十二號朝光柵方向投了一眼。

——不，我的責任是跟蹤。

根據指導原則，他應該繼續執行原有的任務，而不是違反，可是，如果原則錯誤的話，也許就要修正。不修正的話，他無法離開現在的崗位去機械人工廠看個究竟。

他突然停下腳步。

不是他自願停下來，而是被迫停下。一個以子彈形式包裝的強大電腦病毒在毫無先兆下射進他的後腦裡，並旋即刺激他身上的防衛系統。闇影三十二號倒下前，幸好還來得及發了一個訊息出去，以警告其他分身小心刺客。

他不知道，自己就是闇影最後一個分身。

天照．子彈

大街上人來人往，卻沒有多少人關心他。不是人心冷漠，而是在網絡世界裡的程式突然定格甚至倒下，是常見的事，不必大驚小怪。不過，對走到闇影三十二號身前細看的天照來說，卻是值得好好慶賀，闇影的最後一個分身終於被她解決了，她再無後顧之憂。

原來，剛才那三十個闇影在機械人工廠那邊癱瘓了光柵，使這個闇影三十二號分身和他跟蹤的目標無法準時赴會，結果只好留在原地打滾。

幸虧如此，錯有錯著，天照的計劃才有一線生機，不致全盤破產。

剛才那顆子彈是她畢生功力之所聚，不容有失。果然，一發就解決了三十二號。

如今，天照要找落單兼且不知道發生甚麼一回事的「寧志健」第三十二號分身，帶他去她一早準備妥當的地方。

也是他真正要去的地方。

CHAPTER 08

第八部

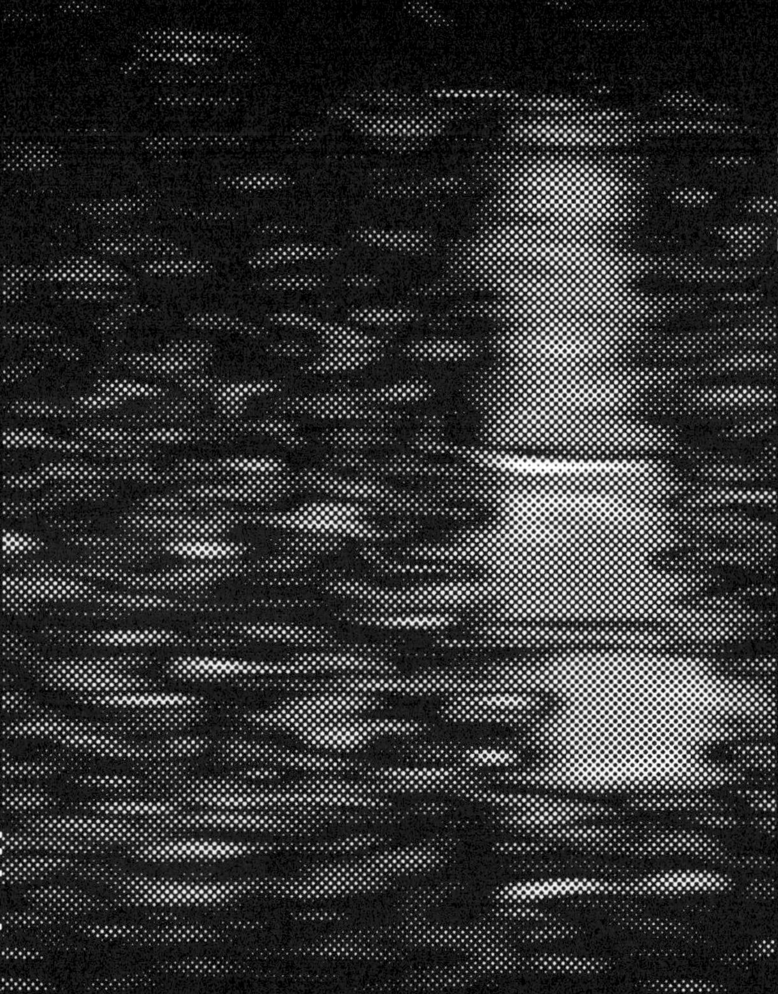

变身

狼・收穫

狼從午夜起一直坐在電腦前，窗外天色變幻只令他焦急。不知道是新聞封鎖、自我審查、滯後，還是其他甚麼原因，他們已有十個多小時沒有收到闇影的新聞或者其他消息，彷彿他已在網絡上被消滅得一乾二淨。

不太可能吧！闇影是他見過攻擊力最強的人形軟件，甚至最不受控制。闇影的結構非常複雜，其思考模式來自那個背叛他們的駭客，從其攻擊模式反向推算出來，有不顧一切和憤世嫉俗的毀滅性傾向，甚至帶點自毀成分，這算是第一個人格，屬於先天。

由於難以控制，所以他們加入了第二個人格，讓他們可以在後天上控制他，左右其思考方式和人格特質。

兩種人格各自成為一個指導原則，他們彼此衝突，即使闇影自己發展出協調機制也處理不來，最後終於失控。

畢竟，你要控制人，必然遇到反抗，不管對方是一個民族，或者只是一個人。

到底闇影的人格結構為何？至今連狼也說不上來，大概就和人類一樣，出現精神分裂的狀況吧！

他們付錢叫香港的黑幫派人去機械人工廠去找那個日本女子。對方報告說，保安人員抗議保安公司削減福利，在當天集體罷工。機械人工廠無奈下，只好讓電腦保安系統代勞，順便證明自家產品可以勝任人類的部分日常工作，希望打響招牌。

可是，黑幫根據現場環境來看，保安系統已被破解，而且懷疑那個日本女子已經來過又走了。

到底發生甚麼一回事，沒有人說得上來。

狼常覺得這種事要親力親為，不能甚麼事都外判。對方不是溫馴的羊只會聽你話，他們隨時都會變成獅子老虎反咬你一口。

幸好闇影在消失前，發了一則訊息出來。

一幅黑白圖片。

他們本來手上就有一張在駭客圈裡流傳的全息立體圖，傳說能指出獅子銀行那筆錢的下落，但沒人能解開。而這張新圖片不是全息，看來比較容易破解。

疾風剛好爬起身來。比起狼，他無論如何每天晚上都要睡上六個小時，絕對不能捱通宵連續工作。狼常說他先天上就沒有做駭客的體質，偏偏疾風的駭客本領比狼要厲害得多。

疾風一見放大投射在牆上的影像，便問：「是甚麼鬼圖片？看來只是一幅風景圖，而且還是黑白的。」

「不，說不定這是闇影的死前遺言，指出那筆錢的下落。」

疾風把圖片下載，用照片處理軟件開啟，放大，搖搖頭後，再換另一個軟件，不滿後又再換，先後換了五次，一個比一個功能強大，一個比一個要花更長的時間啟動。

「圖片上沒有隱藏資料，根本沒有圖像密碼。不過是張圖片而已。」

「不，不會只是張圖片。闇影是我們見過最厲害的駭客之一，絕對不會貿然傳張圖片過來，要是中間遭人截獲或修改，就沒有意思。這是他的死前遺言，肯定不簡單，不能只看表面。」

疾風喝了口薄荷茶後像靈機一觸，開了個駭客軟件，載入圖片，再下指令，先計算圖片裡黑色像素的百分比，再找出黑點的分布位置……

狼看不出疾風在幹甚麼，只知道程式開始處理圖片，慢慢把它分解，但過程很慢。

「先去吃飯吧！這要花好長好長的時間。」疾風建議。

「要多久？」

「兩個小時左右。」

「怎會要這麼久？」

「這是當今世上最先進的圖片解讀軟件。如果連它也找不到甚麼，我們就可以放棄了。去廣場二樓那間遊客餐廳吃飯吧！那裡的燒烤比較對胃口。」

「也好。」狼難得認同疾風。如果破解圖片是場硬仗，更非要好好吃飽不可。

這一餐，兩人吃了整整一個多小時，炸魚炸薯條，配上可樂，完全是西方人的口味。阿拉伯人政治上反西方，文化上也可以反西方，但不抗拒賺取歐羅和美金。

餐桌上，狼一邊默默進食一邊在心裡盤算，疾風則在玩手機。兩人一直無話。

——如果真敲到一筆大錢，就要想辦法對付疾風，甚至把他除去。

——給他一半？當然不行，他只是工具，留三分之一給他已經嫌多了。

兩人返身電腦前時，圖片已給分解完畢。

狼問：「怎麼多了一堆文字？」

「不是多了一堆，而是變成一堆。這是很老套的情報傳送方法，遠在個人電腦普及前已出現。間諜把文字或者數字轉化成圖片，如一張個人照，或者世界地圖，或者根本就是把設計圖藏在圖片裡，成為圖中圖，接收的人員就要用人手的方法拆解圖片。現在這麻煩的工夫可交由電腦去做。」

疾風向狼解釋，像老師給學生上課般。

狼以前好像聽過這種手法，只是沒想到自己會遇上，更沒想到親身遇上時竟然不知內情，只視之為普通圖片。

「好了，現在變成文字，可是我一點也看不明白。」

「這種文字是漢字，也是這張圖片裡真正隱藏的密碼。」

疾風又給狼講解了漢字由中國傳去日本的歷史。狼始終不明白怎麼中國和日本都是用漢字，結果變成兩套東西，真複雜。難怪兩個國家老是劍拔弩張！

——疾風從甚麼時候學懂漢字？

這想法在狼腦海一閃而過，但沒有深究。

「闇影怎會給我們傳漢字？」狼問。

「你看方圓十公里有多少人看得懂漢字？說不定他們連這些是漢字也不知道。」

疾風邊說邊用翻譯軟件把文字譯成英文，狼在旁邊靜靜地看。

「BINGO!」疾風的嘴角掛上笑意。

這段文字翻成英文，就是一段再簡單不過的訊息。

原來當日那叛徒打劫獅子銀行，把錢私吞後，通過很複雜的手法，存在海外十多家銀行裡，只要親身去到任何一家分行，報出戶口號碼，和另一組密碼，就可以動用這些錢。

總數是一千萬美元——比他們想像中少很多很多。

密碼，就是解碼後的一排排二十位長的數字——用中文寫成，而且是極其複雜的中文。

陸伍柒壹伍玖貳叄……

「闇影是怎樣找出來的？」狼狐疑地問。

「天曉得。」

「可惜他似乎已被毀，我們無法問他。」

疾風不以為然，「這更好，我們無法問他，別人也無法問他，只有我們才知道這祕密。」

狼覺得疾風的話很有道理，伸手要去抓放了一整晚也沒喝完的可樂時，後腦就遇到重襲，馬上倒在地上，失去知覺。

疾風移開倒在地上的狼後，馬上登入狼的郵箱、臉書和其他網絡服務裡把戶口取消，又把狼的筆記簿型電腦取走，執拾細軟後離開。

行動之快速，和平時表現出來的慵懶，大有天淵之別。

在往機場途中，疾風訂了即班。

終於可以離開馬拉客什，告別摩洛哥。

烏克蘭是俄羅斯天然氣輸往歐洲的重要管道，坐擁戰略位置，因此被俄羅斯覬覦已久，局勢很不穩定，所以他和狼在一年前離開烏克蘭來到摩洛哥。

摩洛哥的網絡設備不比歐洲差，而且很多事情都可以用錢解決。藏身在這裡的駭客可以一輩子不被找到，特別在馬拉客什舊城區。

這裡是犯罪天堂，適合建立他們的駭客組織。

他們的組織本來應該叫「東歐之狼」，如果叫「北非之狼」也不太錯，但最後取名為「東亞之狼」是純粹為了誤導。

他們在網上招攬的駭客，也以來自東南亞、印度、巴基斯坦、中國和日本居多，好讓人家以為他們的基地在亞洲，絕不會聯想到非洲，更不會想到首腦是烏克蘭人。

其實，烏克蘭的電腦科技非常發達，大量人才獲歐洲的公司挖角，自然也有大量駭客在世界各地犯罪。

可惜這個國家太窮，政治也不穩，吸引不到外國資金，就算他發了大財也絕不會回去，寧願留在西歐，最好是地中海的城市，如克羅地亞的杜布羅夫尼克（Dubrovnik），當地有「亞得里亞海之珠」的美譽，曾經是電視劇《權力遊戲》的拍攝場地，雖然熱潮已過，但離鄰國波斯尼亞和黑山太近，未必安全。

他只知道，在這個經濟不景的年代，有錢傍身的話，沒有政府會向他關上大門。

八個小時後，疾風終於回到歐洲，不過不是回到烏克蘭，而是法國。他上那班飛機的目的地是巴黎。暫時沒有直航機從馬拉客什往瑞士。

雖然他可以在巴黎提款，但這裡治安始終不好，寧願到瑞士才行動，然後在當地申請居留。瑞士的中立國背景讓他比較舒坦，引渡條例則視乎原因：如果和錢銀有關，執法部門絕少和財主作對。

疾風坐在巴黎的地鐵裡，突然想起狼。

無論如何，他都應該醒來了吧！狼一定沒想到自己會反撲。其實，自己並不是臨時起意反撲，而是早就部署好了。疾風自知只熟悉技術上的細節，但沒有動員和組織能力。他要找狼這樣的軍師替自己出謀劃策，指點迷津。到最後，再把狼除掉。

狼的想法何嘗不是一樣？

我・真正復活

彷彿是電影裡常見的情節，主角經過一輪折騰後終於又再醒來，人生又展開新一頁。

我也不例外。

只是，醒來的地方我同樣並不熟悉。

我本來就是要去機械人工廠，找個肉身鑽進去，從網絡世界通往現實世界。不過，中間波折重重，事與願違，我沒去到機械人工廠，天照在最後一刻，叫我去另一個地方。

結果就變成這樣，就是這裡。既不是真實世界，也不是網絡世界。

而我好像，多了一個身體。

不過，我意圖舉起手腳時，並不成功。手腳的感覺很遙遠，頭也無法轉動。

要是有人告訴我，以前的經歷全是假的，不過是電腦植入的虛假記憶，我絕對會相信，而且毫無疑問。

當然，這不是事實。我的經歷全部都是真切確鑿得不得了。

不知過了多久，我聽到一把女子的聲音，卻不見人。

「我是天照。」

是我熟悉的天照！她沒有騙我，也幸好我一直相信她。

「歡迎來到日本。」

雖然我對她所知不多，但我仍然相信。

「日本？妳是怎樣把我運來日本的？」

「運來？為甚麼要運來？」

「妳不是把我上載去香港的機械人工廠嗎？妳在機械人工廠裡準備了個機械人給我，來個裡應外合，讓我去現實世界？」

「不錯，我是準備了機械人肉身，不過，不代表親身去香港機械人工廠的，一定是我。」

「她是誰？」

「是服務公司的女服務員，她只是聽從我的指示行事，往香港，去指定的地方，做我指定的事情。」

「妳沒有過去香港？」

「當然不會，我不可能暴露我的身分。我覺得他們是在找我。他們的目的就是找出那筆錢來，可是，人死了，你無法從棺材裡把他叫出來問話。幸好，人形軟件成熟了，讓他們可以先後還原出你和闇影來，希望可以查出甚麼，但結果大失所望。後來，他們大概想起我和你主人在獅子銀行裡有點互動，而且他還救了我，就以為我們是同黨，也以為我應該知道錢的下落，所以，再安排兩個人形軟件在網絡上互相追殺，意圖引我現身，要好好對付我。所以我索性將計就計，僱用替身，讓他們自以為在航空公司的乘客資料裡找到我，怎也沒想到我的真身根本沒去香港！」

天照那天撥的緊急電話，就是打給服務公司。雖然時間很急，但他們還是能一一辦到，非常專業。

「所以，這裡就是日本機械人工廠？」

「不，是我家的電腦裡。」

「妳之前不是說——」

「那只是煙幕。日本機械人工廠的保安系統太強，我根本無法闖入。就算闖得進去，也無法把機械人帶出來。幸好他們把機械人內部運作的軟件部分委約其他公司負責設計，再外判給自由身的程式設計師編寫，而我，就是其中一個。」

我不禁道：「有這麼巧的事！」

「不是巧，日本最頂尖的電腦高手，就是那個小圈子裡的人。你身處的地方，其實是一個軟件，是個模擬環境。這樣一來，你和身處在機械人裡面沒有兩樣，不，是更好，你不必擔心硬件和軟件之間出現衝突。」

我恍然大悟。

「因為要去的是你家的電腦，所以才大布煙幕。」

「當然，他們要找的話，要找上我來有甚麼難？他們連你主人在香港也找得出來。我要大費周章行調虎離山之計並掩人耳目，原因正在於此。」

「所以，你叫我別去工廠，因為就算去到，就算能解決軟硬件之間的衝突，也會遇上埋伏。」

天照道：「完全正確。」

她隨即拿了個心智圖給我看，是她本來擬定的計劃。

「這種東西也要畫圖？」

「我是日本人，喜歡用圖像表達想法。」

天照原本的計劃

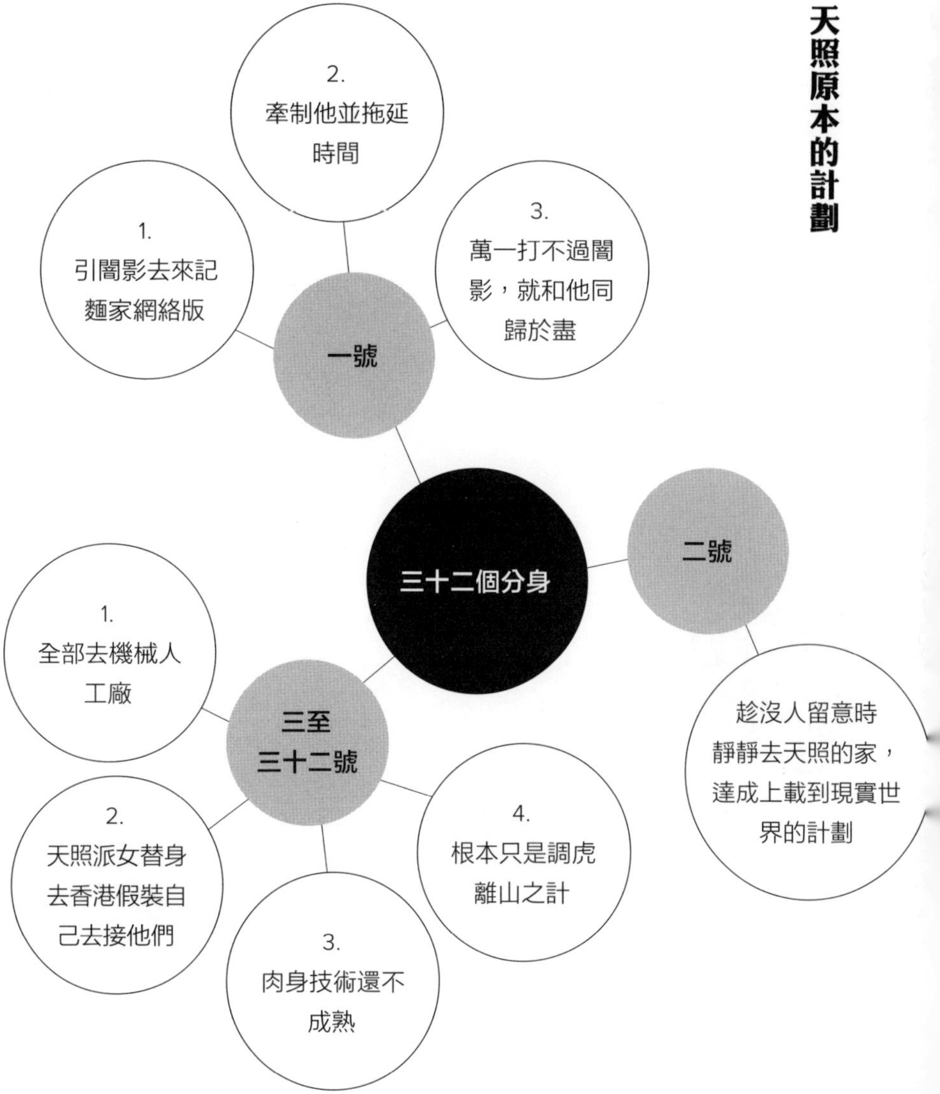
三十二個分身
一號
1. 引闇影去來記麵家網絡版
2. 牽制他並拖延時間
3. 萬一打不過闇影，就和他同歸於盡
二號
趁沒人留意時靜靜去天照的家，達成上載到現實世界的計劃
三至三十二號
1. 全部去機械人工廠
2. 天照派女替身去香港假裝自己去接他們
3. 肉身技術還不成熟
4. 根本只是調虎離山之計

天照實際執行的計劃

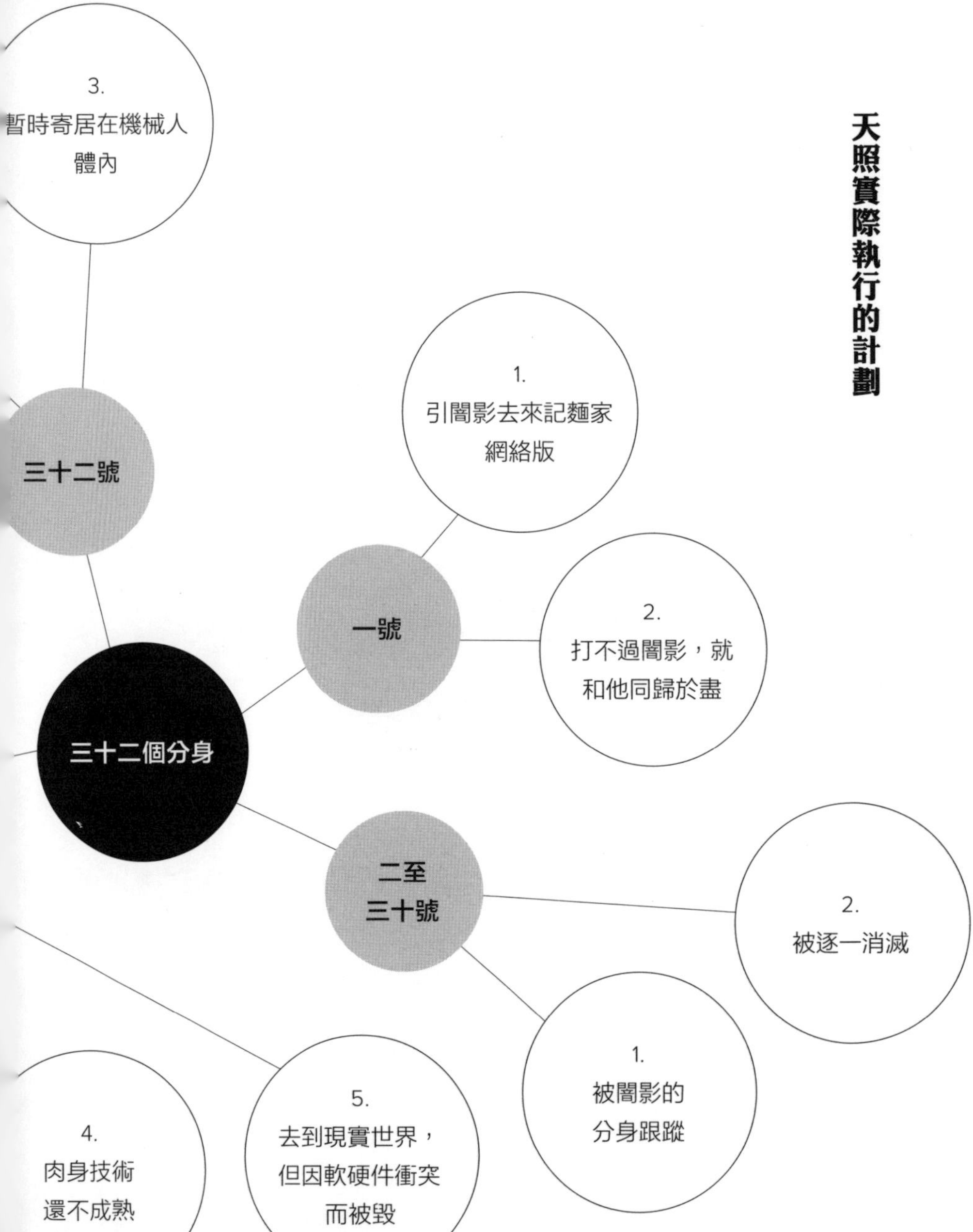
三十二個分身
三十二號
3.
暫時寄居在機械人體內
4.
肉身技術還不成熟
5.
去到現實世界，但因軟硬件衝突而被毀
一號
1.
引闇影去來記麵家網絡版
2.
打不過闇影，就和他同歸於盡
二至三十號
1.
被闇影的分身跟蹤
2.
被逐一消滅

我仔細研究了圖後道：「我這個三十二號本來的任務是送死，只負責在機械人工廠調虎離山。一眾三十二個分身裡，只有二號才應該去現實世界修成正果。」

天照道：「不幸，二號至三十號都被殺。」

她又抽了另一張心智圖出來。由於闇影也分身一變三十二，破壞了天照的原本計劃，結果她不得不因應變化而調整計劃。

「不過，妳還是叫三十一號去了工廠，他也真的鑽進了一個肉身裡，可惜，最後還是失敗了。」

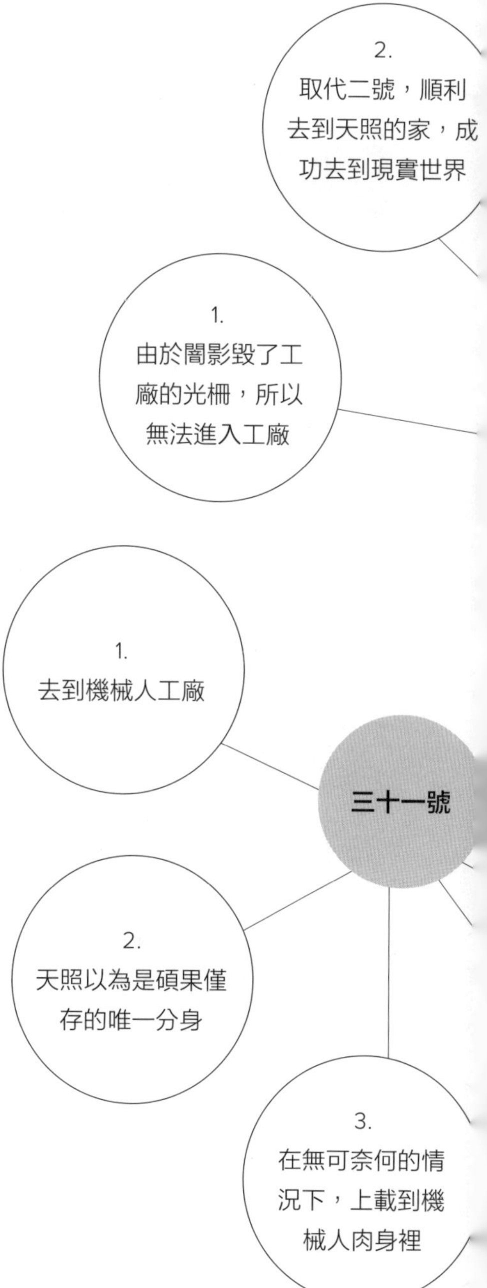
三十一號
1. 去到機械人工廠
1. 由於闇影毀了工廠的光柵，所以無法進入工廠
2. 取代二號，順利去到天照的家，成功去到現實世界
2. 天照以為是碩果僅存的唯一分身
3. 在無可奈何的情況下，上載到機械人肉身裡

「對。當時我還不知道你尚在人世，找到你後，就叫你取代二號馬上去我的家，不再顧忌會否暴露我的所在了。」

我點頭。

以濫用到失去力量的說法，就是「接下來的事情，都成歷史」。

狼・蘇黎世

疾風抵達瑞士蘇黎世時，已是晚上，不得不找酒店住一晚。他在幾條大街上找，沒一間酒店是便宜的，房租一天抵得上在馬拉客什住一個月。

——不過，老子很快就有大筆錢到手，一點也不介意提早享受奢華。

他在酒店聽到服務員不純正的德語時，才想起瑞士這國家雖然有四種官方語言，卻沒有一種是英語。法語、德語和意大利語來自三個鄰國，剩下的一種羅曼什語則是瑞士自己的土話。全國也分成不同語區，這裡是德語區。

第二天一大清早，他換上比較像樣的服飾，去銀行準備迎接人生重大的轉捩點。

出到酒店門口，竟看到三頭大象從街口沿著大馬路走過來。瑞士本土沒有大象吧！他知道非洲有象，但在摩洛哥從沒見過，倒是在瑞士見到。

等象群走近了，才知道是甚麼一回事，原來是馬戲團的宣傳活動。他笑了笑，步行去商業區。他昨晚確認了位置，只要走二十分鐘就到達銀行，所以，他決定不乘車，寧可走路過去，好好享受這段路程。蘇黎世是很適合散步的城市。雖然是國際金融中心，卻沒有被一座座櫛比鱗次的高樓大廈破壞天際線。由於沒經歷過二戰戰火，幾百年歷史的老建築給完整保留下來，使蘇黎世保持歐洲古城的風貌。

疾風走進看來像中世紀建築的銀行裡。職員確認了他的身分後，安排了一間貴賓室給他，還奉上紅酒和小食。疾風沒想到瑞士銀行的服務竟有如此高的水準。坐在真皮沙發上，聆聽柔和的古典音樂，沒想到竟然是蕭斯塔科維奇（Dmitri Shostakovich）的《第2號爵士樂團組曲》（*Suite for Jazz Orchestra No.2*）。蘇聯佔領烏克蘭時，猛烈灌輸官方認可的音樂家作品，烏克蘭有幾代人對蕭斯塔科維奇的音樂耳熟能詳。他父親在蘇聯解體後第一次在唱片店見到貝多芬的唱片時甚至感動落淚。

——不要回顧過去了！你不會回去烏克蘭！

這筆錢袋袋平安後，他再也不要做駭客，安安穩穩過下半世就好了。

不知狼現在怎樣？大概在搥胸頓足吧！經過這一課後，狼應該會記得要做壞人的話，就一定要壞到底，不能稍有善念。就算出賣父母兄弟，也在所不計。

疾風的父親常提起以前在極權統治下，黨是最大的，國次之，家庭最小也最不重要。為了偉大的黨和革命事業，你得隨時指證叛國的家人，任何阻撓國家前進發展的都是人民公敵。

只要等錢到手——他一早就想清楚了，規劃好了，連做夢時想到也會哈哈大笑——他會開個投資戶口，就算每年回報只有三個%，已經足夠他好好過下半輩子。

門再次打開時，他準備迎接美好的未來。

豈料——

進來的不是銀行職員，而是一群警察，重裝，全部持槍。

槍口不約而同對著疾風。

疾風馬上舉起雙手。

腦海裡一片空白。

不，他又想起年幼時常聽父母回憶活在前蘇聯時的生活。祕密警察會在天亮前一刻，趁大家在睡覺，在個人防範最脆弱的時候闖進敵人的巢穴裡，把裡面的人全部帶走，不論男女老幼一個不留。然後……沒有然後。這家人就會在一切政府檔案裡消失。同事、鄰居和其他相識的人也不會再提及，他們會自動在腦海裡刪去相關記憶，彷彿這家人從來沒存在過。

白色恐怖的可怕，疾風如今完全領會。

真是可怕，殺你一個措手不及。

是狼，一定是狼出賣他。

那張圖片是引他上釣的完美陷阱。

疾風沒想到會再一次被狼騙掉，上次是從烏克蘭到摩洛哥，這次是從摩洛哥到瑞士。

很有可能，也是最後一次。

天照・報復

天照把駭客在蘇黎世銀行落網的新聞唸給我聽。

我身處的模擬環境，屬封閉型，無法連上外面的網絡世界。雖然這新聞本身並不詳盡，也沒有報道來龍去脈，只說一個烏克蘭駭客在瑞士蘇黎世提款時被捕，懷疑被同伴出賣。不過，單憑這幾點，已夠天照確認他的身分。

「不過，布局的不是他的同伴，而是我。」天照補充道。

「是妳？」

「他大概拿了我冒充闇影發給他們的情報，我從闇影身上找到聯絡方法。」

「不可能這麼容易信以為真吧！」

「情報和女人一樣，太容易到手的話，都不會好好珍惜。我把情報裝模作樣做了點手腳，要花點腦筋和時間才能破解，讓他們腦裡僅有的一點懷疑一掃而空。」

「妳怎確認落網的不是跑腿？」

「涉及錢銀的事不會假手於人。這個組織的核心人物也許有其他人，但不會多，而最後去領錢的只有一個，看來他已經把同黨殺掉，以便把錢全部吞掉。」

「妳給他們的情報是甚麼？」

「好幾十個瑞士銀行的戶口號碼和確認人密碼，我在網上找到的，是屬於黑手黨和其他國際犯罪組織。」

「真是天才。妳應該去情報機關工作才對，做模特兒真是埋沒妳的天分。」

「做間諜往往沒有好下場，不是逃亡就是坐牢或者被殺，不像我現在可以自由自在生活，想吃甚麼就吃甚麼。雖然大部分同事都很令人討厭，但不會在妳的食物裡落毒，頂多落瀉藥害妳無法出場。」

「模特兒圈真黑暗！」我笑不出來。

「你的主人雖說是意外身亡，但他的死和這些人脫不了關係，我算是替他報了仇。」

「說來我還是不明白，為甚麼他們要為我主人偷個十八年前已死的小孩的身分證號碼？」

「簡單得很，這個身分證號碼不會有其他人用，一般機構並不會去檢查持有這號碼的人是否仍在生。」

「原來如此。可是，他們到底怎樣找到主人？」

「我也不清楚，推算他們在獅子銀行裡設下了大量監視和監聽系統，知道你主人家裡的麵店出問題，結果一層層窮追不捨查下去。這個不難，只是花時間而已。」

「像妳這麼聰明、性格又好的人，根據我的判斷，如果主人仍在生，他肯定會喜歡妳的。」

這次她無法立刻回答，我發現自己好像說錯了話。

過了一陣，她才說：「如果他仍在生，我也會喜歡他。」

——主人，我多希望你能聽到這句話。

——你說除了父親以外，沒找到愛你的人，你有呀！

——你在另一個世界聽到嗎？

這些話我就留在心裡好了。

「我的主人走了，我的人生再也沒有意義了。」

「不，來記麵店仍然需要你幫忙經營網店。」

「來記不是會倒嗎？」

「這不一定……」

我沒想到，天照原來同時進行另一個計劃，正如主人也從來沒想到他離開後，人生最精彩的故事才展開。

男人・來記麵家

晚上九點，男人拉下鐵柵，準備結束一天的營生。鐵柵碰到地上時，發出哐啷的一聲，很是響亮。

不過，世道仍然艱難。

本來「來記麵家」就不打算讓志健接手，他比自己有本領得多，應該要有自己的事業，而不是困在一家沒有出息的麵店裡守業。商場上的競爭激烈，到處都是特色店，講究裝潢、人氣、市場策略、媒體報道、名人推介……全是男人不明白的東西。

像「來記麵家」這種只是老老實實賣一碗雲吞麵的小生意，根本沒有多少客人。連來做兼職的幫手做了幾天後，發現別的店家願意出多兩成人工，也馬上辭職不幹，有些甚至不在乎取回那一兩天的工資。

「我不要了，反正你也沒多少生意，我也沒做過甚麼。」其中一個發訊息給他說。

男人不知道該不該感激這個年輕人。也許這個新世代其實話中有話，暗指他的店沒有前途。他不瞭解新世代的表達方式。

志健走了，也就不用守在這個沒有前途的店裡，與店一樣走向沒有未來的未來。那是無間地獄。

當然，他不希望志健就這樣離開。志健走的那個日期深深刻在他腦海裡，彷彿那一天連他自己也隨他而去，剩下來的日子全部都失去意義。

真相至今仍眾說紛紜。警方說是非法賽車，可是，他反問志健怎會上了那架據說是黑幫擁有的灰色客貨車裡？他們就無法解釋下去。有傳媒為他不值，調查那架保時捷，竟發現車是偷來的，司機背景也不清不楚……

街坊認為，根本是蓄意謀殺，地產商找黑幫把志健挾持到車上，再大手筆用保時捷做殺人兇器撞過去，偽造成非法賽車的表象……網絡上有大量指向地產商的傳言，甚至在社交網站上建立專屬群組討論這件事，抗議地產商為收樓不擇手段。

但是，始終沒有人能拿得出證據來。很多人慨歎，財雄勢大的黑手當然不會讓人找到把柄。他們已用錢建立了種種調查屏障，也找來替死鬼。

你永遠無法打倒大老虎。

真是個他媽的城市，一天比一天腐敗。

幸好，地產商懾於群眾壓力，暫時停止收購計劃。

雲吞麵店也暫時得以繼續苟延殘喘下去。

不過，男人知道，就算地產商不收購，總有一天，他自己也會在精神上支持不了倒下去，被死神收去。也許是一個月後，一星期後，甚至，就在明天，一睡不起。

地產商就是要等這一天。

反正志健走了，地產商會等到他死後才把整幢唐樓合法轉移到他們手上。他們在政府裡廣布人脈，也有法律顧問和其他你不知道底細的幫手。

男人給店舖的鐵柵扣上鎖頭，再把那張歷經風吹雨打並因此開始有點殘破的招聘啟事貼在鐵柵上。上次貼了五天才有人應徵，這次不知又要貼多久。也許，店子不應該再請人，反正也沒有多少生意，而且可以省錢。

可是自己開始有腳患，不能長站，沒有幫工，根本無法做下去。

也許，還是索性把麵家關門大吉賣掉算了。

電車經過時，除了發出叮叮聲，車輪也會發出和鐵軌摩擦的聲音。他聽了這聲音幾十年，賣了來記整座唐樓，他就要再找地方住。到時不只聽不到電車聲，所有和志健相關的一切都會從此消失。他在志健走了三個月後才請他的同學上來把他的個人物品分掉，把房間清空，這應該符合那孩子的想法，也讓自己可以向前走。他的同學幾乎把所有東西都帶走，唯獨把電腦留下來，但他最後還是賣掉，他根本不會用。

來記是連結他和志健的最初和最後的事物。這孩子根本是在店裡長大的。

「爸——」

男人聽不到腳步聲，只聽到這麼一喊時，驚覺眼前的光影明暗出現變化，轉過身來，發現身後竟站了個年輕人。

——是甚麼鬼東西？黑社會嗎？

——地產公司終於忍無可忍，出動狠角色了嗎？

他還記得，志健出事的那天早上，店裡只有一個食客，卻古怪得很，眼睛一直往自己身上盯，直到有街坊走來說志健好像被人擄到車上時，怪食客才不發一言衝出門口。

事後想來，這人很有可能根本不是食客，而是地產公司「委託」黑幫派來的殺手。他們準備在一個早上同時解決父子兩人。他們順利殺了志健，偽裝成車禍。怪食客準備出手時，不料有街坊走進店裡通風報信，其他人也湧來店裡，令他無法下手，只好馬上逃走。

男人向警方多次提過這一點，但他們只說自己多疑，那人只是想來食霸王餐。

如今地產公司見風聲已過，終於又忍不住要出手了。

——來，老夫已身無長物，只剩下爛命一條，要拿請隨便。

——我等著和老婆和志健相會。

「你還請人嗎？」

年輕人的問題，出乎男人意料之外。這人的廣東話並不純正，不過，男人還是點頭。

年輕人的眼鏡好像不太尋常，鏡片上面浮現了一些字句，年輕人好像仔細看了幾遍後才道：「我明天可以來上班嗎？」

「可以。可是，我付不起多少工資。」

又等了一會，年輕人才道：「沒關係。我喜歡你的店。」

「喜歡敝店？」男人實在好奇。「敝店有甚麼好？」

年輕人說了一堆男人聽不明白的話，他費盡全力解釋後，男人終於知道他說甚麼。

「好久以前……我來這裡吃過……雲吞麵，好吃極了。」

——雖然敝店的雲吞麵實在不錯，但被人如此稱讚，感覺還是怪怪的。

男人摸摸自己的頭，見過這年輕人嗎？他一點印象也沒有。

不，他覺得好像有點面善，不是指外貌，而是神態、表情，還有，眼睛發出的光芒。

我．替身的替身

我在天照家已經生活了十天，開始體驗人類世界的生活。

這天聽了電視報道後，我覺得非常非常難以置信，問天照：「妳怎樣驅使他去麵店的？」

「很簡單，這是我指派給他的最後一個任務，只要他去幫忙兩個星期，我就答應和他約會。」

「就是這麼簡單？」

「就是這麼簡單。我說過，他只有外表，腦內空空如也，思想簡單，很容易操控。」

「不，我覺得一點也不簡單。」

「那你就要相信，開始時確是我哄他過去，但後來是你主人的麵店感動了他，讓他做了你的替身，換句話說，做了人形軟件的替身，一個替身的替身。這一點也出乎我意料之外。」天照很快話鋒一轉，問：「你現在覺得怎樣？適應現實世界了嗎？」

「還不錯，距離現實世界，我又踏前一步了吧！」

「不是距離現實世界，你現在根本就活在現實世界裡。」

我親耳聽到聲音傳入我的耳朵裡，不只她的聲音，還有室內播放的柔和背景音樂，也有來自室外，混雜了車聲、狗吠和各式各樣我還無法說得上的聲音。

我親眼看到天照，也看到她身後的室內陳設，看到窗外樓下的風景：放狗的小孩、買菜的主婦、推車子的老人……

他們是真實的人類，身體不是由電腦繪圖製成，手腳移動也自然順暢無阻。

他們是真正的人類，有自己的思考能力，有自由意志，而不是按程式規定，或根據甚麼指導原則來行事。

他們也沒有主人。

——當然，你也可以反駁我的話，不過，這已臻形而上學的層次，而不是人工智能的範疇。

我有手腳，雖不靈活，卻行動自如。

我看見陽光灑到我身上，但沒有皮膚，始終還是無法感受陽光的溫暖。

也無法感到微風吹到身上的涼意。

天照已找到方法解決我體內的計時炸彈：讓我寄居在一個尚在開發階段的微型機械人的體內。

至於她怎樣把我的新身體弄到手，是另一個複雜的長篇故事。

即使她帶我去餐廳放在餐桌上，旁人也只以為我是玩具，並沒有特別留意到我是個活的機械人。

天照對我說話，也沒有人覺得奇怪。

在這個人際關係疏離的時代，很多人寧向機器說話，也不對人說話。人際之間的對話，大部分都是隔著手機和網絡進行，面對面反而容易無言以對。

她為我做了這麼多，我實在不知該如何感謝她。

「你沒問過我為甚麼要幫你？」

我思索了一會，「為家國，為民族，不可能？只能是為錢。我不覺得妳和我主人有很好的交情。」

「都錯了，是為了正義和是自我修練。」

「自我修練？」

「提升黑客技巧、解決問題的方法、自我挑戰，不一而足。其實黑客精神和我們日本人信奉的神道教很相似，學會一樣東西，不管是做好一碗麵，還是做好木工，在心裡都是奉獻給神明；對個人來說，則是修練，也是一種精神修行。」

「我還是不相信妳的話。」

「那你覺得是甚麼？」

「我認為嘛……妳只是想去香港吃一碗來記麵家的雲吞麵。」

天照笑了笑。

她想起那個在網絡獅子銀行裡救過她的男人。

「我家做生意，暫時缺錢，希望這次打劫可以幫補家計。」

「你的供詞像被告向法官求情，可信度近乎零。」

兩人相處僅有的短暫時光，雖然只有數分鐘，卻足以影響她一輩子。

驅使她踏上最近這場精彩刺激冒險歷程的最大誘惑，是獅子銀行失去的那筆錢。雖然最後一毛錢也沒拿到，而且還要倒貼，但知道了他生前死後的事後，她一點也不後悔。即使知道他死訊時很難接受。她曾經寧願不知道，好讓在獅子銀行的接觸，成為美好的回憶。

不過，她不喜歡純粹回憶，反而喜歡創造回憶。

把他的人形軟件變成手掌機械人，只是第一步。

她會給他找功能更強大的機械人肉身，兼且體形最好是真人一比一大小那種。到時，她就可以挽著他的手，在現實世界裡的街上漫步，也可以和他一起到餐廳用餐，讓他躺在身邊。

利用人形軟件加機械人肉身，人就算死了，也可以復活過來。

為一個所知不多而且已經死去的男人大費周章……這個多話的男人泉下有知，也許會反對。不過，他沒有這個機會。

她就當為自己編織一個愛情故事，而且完全由自己作主。

她不必把自己的想法告訴眼前這個機械人，讓一切藏在自己的心裡，已經很足夠。

除了模特兒工作和駭客活動外，她以後還要為這個目標而努力。

訪問．黑澤武

〔本報訊〕位於西環的來記麵家，最近多了一個來頭很大的服務員——外號「黑武士」的日本著名模特兒黑澤武。這天我們去到店裡時，只見他操半鹹淡的廣東話招呼客人。店裡沒有一個空位，門外排隊的人也很多。

問老闆怎樣找到黑武士相助，他始終一臉茫然。

「坦白說，我之前根本不認識他，連名字也沒聽過。他自己摸上門來自我介紹後，我也不相信他是日本名模，只以為是個來自助旅遊的日本年輕人，和我開開玩笑。我根本沒想到他來頭這麼大。」

問阿武怎會找到這間麵店還下決定要幫忙時，他的說法仍然令人難以置信。他用日語說：「在日本，有個女孩子叫我來幫忙，指名是這間店，我一口答應，就當是來玩好了。只是沒想到，來到現實，發現店舖的門面寒酸得很，和日本的老店家重視門面無法相比，不過，我還是硬著頭皮央請老闆答應我的請求。我騙他說去過他的店也喜歡他的店，可是他根本不相信我的話。幸好大概是我的誠意感動了他，最後他還是答應了。」

不說大家不會知道，原來阿武雖然來過香港好幾次，但以前從沒嚐過雲吞麵。

「一試之下，我覺得香港的雲吞麵博大精深，可以和日本的蕎麥麵媲美。」

阿武幫忙了一個多星期，也連續吃了一個多星期雲吞麵。在第八天，他發現老闆的雲吞麵在味道上出現了很大的變化。

老闆解釋，自從阿武來到店後，有感連陌生人也來幫助自己，大為感動，覺得是上天在自己最困難的時候出手相助，於是每天晚上關店後都和阿武在店裡鑽研雲吞麵的製法，聽他的建議，沒想到幾天內就有重大成果。

小記認為，老闆多年來一直研究雲吞麵，取得成果是早晚的事。

阿武補充：「我現在留在店裡，已經不只是賣雲吞麵那麼簡單，老闆的雲吞麵感動了我，讓我領悟到麵食的最高境界，於是決定暫停在日本的模特兒事業三個月，在店裡幫忙，就當成是一種精神修行。我也很高興事務所支持我。」

「知道他在日本每個小時能賺多少錢，我幾乎暈倒。我們這種小店能付多少錢給他？就算現在客人多了，我也付不出他在日本收的天價，只能給他一般員工的待遇。沒想到，他分文不取。」老闆說時，感慨萬千。

一個日本名模竟然肯放下賺大錢的工作，來到香港一家老麵店幫忙，彷彿是殺人犯放下屠刀立地成佛。

阿武的傳奇故事傳回日本後，當地的電視台以及著名麵食雜誌《蕎麦春秋》（日本雜誌，介紹蕎麥麵的造法、食店、食具等飲食文化。www.sobashunju.com）馬上派記者和食家來香港品嚐來記的雲吞麵，而且讚不絕口。眼光銳利的幾家公司旋即派人來港，商討合作計劃。

目前，店裡的一角堆滿了來自日本的計劃書，但老闆根本忙得來不及看。

「我除了做麵外，一點營商之道也不懂，要從長計議。」

他的雲吞麵雖然大獲好評，不過，他的心底深處有一個永遠無法達成的心願和無法彌補的遺憾。

他的獨子志健一年前意外身亡，死時才二十歲，生前一直希望可以重振麵店的聲威。

如今人已不在，也就無法親眼看見來記麵家現時的風光。

「我希望他嚐嚐我現在做的雲吞麵，我相信他嚐了一口後，也會大讚好吃。可以……的話，我寧願不要這店……」

老闆看著年紀和志健相若的黑澤武，不無慨歎。

是時，阿武剛好回過頭來，見老闆用手拭眼，便放下手邊的工夫，慢慢走近。

自幼喪父的阿武雙手輕輕抱著老來喪子的老闆，輕拍他微彎的背部。

兩人的身軀微微顫動。

一切盡在不言中。

2010.4.26 初版
2019.5.21 修訂版

讀後感——
科幻與武俠的混種：譚劍的《人形軟件》

◉　主體與分身的為啥存在

如果我們擁有分身，你會讓他／她為自己做甚麼？如果血肉的主體死了，虛擬的分身能夠上載來到現實世界，這算不算生命的延續？讀譚劍的科幻推理小說《人形軟件》，我也在設想自己的分身可以是甚麼模樣？擁有怎樣的功能？尤其是未曾戀愛已死掉的對象能夠還原再生，而且更完美體貼，簡直是科技時代的新浪漫主義！故事以網絡恐怖組織與全球化犯罪活動的線路，串起香港的地產霸權與經濟操控，懸疑和謎團層層築織，男主角寧志健為了拯救老店而打劫網絡銀行卻私吞贓款，引來各方勢力窮追猛打，但他一出場即被殺掉了——幾曾見過情節要在主角死後才展開，而重重歷險的救贖關鍵竟然來自愛情！

◉　由二元到 360 度全景的敘述布置

故事發生的未來有兩個世界：現實和網絡的，而所謂「人形軟件」就是人的分身，根據真人模擬，由數位程式構成，存在於網絡空間。為了追蹤黑錢的下落，遠在摩洛哥的犯罪分子派出人形軟件闇影來到香港，發動網絡銅鑼灣 911 恐怖襲擊，再炸掉網絡旺角；日本女子天照身兼黑客和模特兒的身分，為了拯救男主角的人形軟件，設計了一條天衣無縫和出人意表的詭計，讓追蹤事件線路的讀者不斷目瞪口呆又拍案叫絕！我無法在這裡歸納故事大綱，因為作者採取多線並行同時交叉敘述的格局，一個環節緊扣另一個環節，同一個時段交疊幾個空間發生的事變，猶如多功能系統的電腦視窗，讀者必須打開 360 度全景鳥瞰的觀照，才能拼湊和掌握情節與人物的脈絡。這種敘述布置，加強了閱讀的節奏和緊湊，尤其是譚劍的「扭橋」極為成功，柳暗花明又一村，字裡行間布滿「估佢唔到」的智力快感！此外，作者的性別意識也扳轉常態，驚風駭浪裡真正智勇雙全的竟然是一個女子，一反科幻推理文類中男性英雄的慣性造像。

◉ 由我到讀者的延伸體驗

《人形軟件》是一本形態混雜的小說，在文類上是科幻與偵探的合體，懸疑的追兇過程裡夾雜豐富的網絡知識，既有本格推理的趣味又有社會實況的反映；在空間座標上卻混融了本土與國際，人物在現實與虛擬的邊界上游走，從銅鑼灣、新宿、摩洛哥、旺角到西環、早稻田和蘇黎世等，每個地區都有它的社會風情與政治涵義，仿如光纖那樣接連和傳送密密織縫的行動。在械鬥場面的設計上，是後現代電子遊戲的畫面加入傳統武俠招式的運用，糅合二重感官的聯通，那些激光、熱能、炸藥、暗器、病毒、怪獸裂變與拳腳功夫等混合技擊，形構充滿聲色光影的視覺刺激，人物對抗惡勢力的言行帶有游俠身段與江湖義氣。由於譚劍的文字紮實、鮮活，沒有拖沓或賣弄的水分，激烈的打鬥寫來有非凡的動感，雖然書中有大量科技術語，但讀來沒有窒礙，因為作者用高超的文學技巧融入了情節的骨骼之中！小說的主題縈繞三方面：第一是人類面對虛擬世界的身分存在，甚麼才是自由意志與獨立思考？活得渾渾噩噩、毫無理想的人，比不上一具擁有懷疑精神、忠誠善良、甘心冒險和反抗的人形軟件！第二是人性的黑暗與光明，就像太極的陰陽、或訊息位元的正負結構 0101，彼此相輔相成、互相平衡，才形成世界。第三是批判資本主義與恐怖主義，兩者是一體兩面的關係，國際犯罪組織、本地的地產霸權、大眾傳媒等擁有無遠弗屆的龐大勢力，時刻為了自身利益，不惜採取卑劣手段壓迫邊緣的弱勢小眾。譚劍以人物推進事理、情節暴露現象，讓讀者印證自身的處境體驗！

◉　文本互涉的玩味元素

作為一個文學人與電影迷，《人形軟件》有兩個文本互涉（intertextuality）的調度很讓我迷途忘返：第一是「村上春樹病毒」，表層是指故事中讓人形軟件進行自我繁衍、無性生殖的分身程式，是一變二、二變四、四變八的倍數遞增；內層卻是調侃日本作家村上春樹對大眾讀者的連鎖反應，一旦沉迷便不能自拔也無可藥救，包括模仿村上的說話與生活方式、喜歡慢跑、自稱羊男或渡邊徹、愛聽爵士樂、抬頭有1Q84的月亮……將村上春樹變成這樣的「符號」現象，鋪展而來的確很有幽默感和創意！第二是「植入記憶」，來自日本的經典動畫《攻殼機動隊》（*Ghost in the Shell*），人形軟件一直相信主人的存在和那些共同度過的生活時光，但到頭來才晴天霹靂的發現所有記憶都是被植入的，主人早已死掉，沒有記憶可以生存下去嗎？憑著獨立意識可以「重新做人」嗎？我們如何印證記憶的真假？都是非常嚴峻的哲學問題！

故事不會完結，在你或妳翻開書頁的剎那，一切從頭開始……

洛楓
文學人與電影迷
31.5.2019

跋

我的第一份全職工作是在九十年代初於一間日資公司任程式設計員，維護船務和貨櫃的系統，在大型電腦（mainframe）上用很古老的電腦語言（PL/1 和 COBOL）編寫程式。受語言本身的設計所限，程式不只冗長，而且內容有不少部分需要重複，更要命的是沒有 copy-and-paste 的功能，維護起來很花時間。入職半年後，由於公司要改名，連帶要把所有程式裡包含的公司名稱都改掉（稍為現代一點的系統只需記下名稱一次），這個責任重大但毫無創意的任務就由部門內年資最淺的我負責。如果這類型工作能由人工智能處理，程式設計師未必會失業，但可以將精力轉移到更需要人腦才能勝任的工作上，如收集用戶要求或系統設計。

後來我聽說日本有「人形燒」這種食物，就給這種模擬一個人思考方式的人工智能取名為「人形軟件」。

當時網絡剛發展，我認為「人形軟件」不應只存活在電腦裡，而是駐守在網絡上。我寫過幾個短篇闡述這意念，但一直都嫌不夠成熟，即使在雜誌上刊登過，也從沒想過收進短篇集裡。

十多年後的二〇〇九年，寫完《黑夜旋律》後，我已累積了不少社會和閱讀經驗，也自覺具備寫作能力去把這意念寫成長篇。故事最初的名字叫《我的主人死後》，大綱花了大半年的時間去發展，是以電腦黑客為主角的間諜故事，我覺得有趣，可是讀者讀得懂嗎？閱讀門檻是愛情小說作家和武俠小說作家不必擔心的難題。我們都知道愛一個人不一定有回報，也知道要成為武林盟主不一定成功，我們喜歡閱讀這種帶有挫敗感的故事。可是科幻小說又如何？不少人對科學根本不感興趣，連帶科幻小說往往也是小眾口味。寫科幻小說難免要有更多考慮。即使人工智能是我認為較淺白的課題，但為了吸引讀者，必須加入能引起共鳴的部分。（科幻電影則無此顧慮，我寫偏向純文學的《黑夜旋律》時也不用計算這一點。）

我決定從日常生活入手，以我自己居住的社區為背景。

西營盤本來是小店林立的老區，但自從二〇〇五年政府宣布地鐵通往港島西後，樓價開始穩步上揚，店舖租金升幅更明顯。般咸道的小店結業，接手的往往是地產代理行。高街的車房退場，取而代之的是一家家講究裝修和格調的高級餐廳。寧靜怡人的港島西區，逐漸熱鬧起來。原來一眾業主意欲把高街變成另一個蘭桂坊。我目送一間間我喜歡的小店因加租而倒閉。那些經營了多年的西餐廳、中式小菜館、粥麵店、茶餐廳和他們的老闆及侍應的親切笑容統統消失，只留下美好的回憶。

這種傷感的情懷讓我加入雲吞麵被地產商收購的情節成為《人形軟件》另一條主線。我希望讀者瞭解科技發展時也不忘傳統文化和價值對社會同樣重要，不只要望向未來，也要毋忘過去。

這故事由二〇〇九年三月開始構思，到二〇一〇年四月完成，前後花了一年多時間，先由香港天行者推出香港版（出版前一個月，《地產霸權》才由同一集團的天窗出版，也從此為香港的營商和居住環境的論述定調），次年由中國人民大學出版社推出簡體字版，二〇一二年經台灣蓋亞文化推出台灣版（因應台灣用語而改名為《人形軟體》）。每次出版我都會補充細節。這次格子盒作室新版除了補充，也修改了文字，部分對白重寫，分量是歷次之冠，但仍然沒有改動情節。

這次修訂和開筆時相隔十年，有以下發現：

地鐵通車後的港島西區變化令人始料不及。很多人原本以為地鐵通車後，車站出入口增加的人流會帶來生意，於是業主大幅加租……但人流不一定帶來生意，因為居民能夠更容易離開本區消費，也就是「旺丁唔旺財」，結果小店的生意變得更差，引來另一波倒閉潮。

而舊樓被收購後，在原址落成的往往就是各種天價納米樓。與此同時，樓下仍常見用手推車運載紙皮的弓背拾荒老人。這種貧富懸殊的巨大反差，像極沒有出口的末世科幻電影。

在科技層面，十年前我構思「獅子銀行發行貨幣」時，bitcoin 才剛面世（二〇〇九年一月）。當時我只知道是虛擬貨幣，但準確來說這是加密貨幣，也令暗網在匿名交易上更便利。

人工智能技術大大提升，對普羅大眾來說也不陌生。我去中、小學演講時發現有些學生已經在 STEM 科上運用 AI，「人形軟件」的概念他們一聽就明。《黑鏡》也多次以 AI 為題，如第二季第一集《馬上回來》（*Be Right Back*，2013）裡講述男人死後被遺孀利用 AI 讓他「復活」過來，第四季第四集《約會程式》（*Hang the DJ*，2017）裡提到「網絡先行」的約會配對方式。兩者都和《人形軟件》情節接近。由於 AI 的普及，以此為題材的故事已經不一定是科幻小說，而是寫實小說。科幻變得愈來愈像現實，現實香港反而變得愈來愈科幻愈陌生。這種變化將持續下去，而且愈來愈激烈，我也會繼續在小說裡想像未來香港的模樣，盡一個小說作家的責任。

最後要說，讀者會留意到，故事內容均有提到「黑客」及「駭客」，究竟是否需要區分「黑客」或「駭客」？這實在讓我很頭痛。雖說我們往往只會說「黑客文化」，而負責保安的一定稱作「（白帽）黑客」，市面上有認證課程 CEH（Certified Ethical Hacker）。「黑客」傾向是好的，「駭客」則肯定是壞的。我年輕時，有些 IT 人希望傳媒會給兩者清楚劃分，但似乎無可如何，如今「黑客」包羅萬有。本書裡「黑客」和「駭客」並存，特此說明。

2019.6.4 香港

謝辭

謝謝格子盒作室和阿丁。

謝謝天行者、中國人民大學出版社和蓋亞文化三間出版社和同仁。蓋亞文化仍然出版《人形軟件》的台灣版《人形軟體》。

謝謝設計書籍的曦成，和寫讀後感的洛楓。

Humanoid Software
人形ソフトウェア
軟件 人形

作者——　譚劍

編輯——　阿丁

設計——　曦成製本（陳曦成、焦泳琪）

協力——　許菲

出版——　格子盒作室 gezi workstation
郵寄地址 | 香港中環皇后大道 70 號卡佛大廈 1104 室
臉書 | www.facebook.com/gezibooks
電郵 | gezi.workstation@gmail.com

發行——　一代匯集
聯絡地址 | 九龍旺角塘尾道 64 號龍駒企業大廈 10B&D 室
電話 | 2783-8102
傳真 | 2396-0050

承印——　美雅印刷製本有限公司

出版日期——　2019 年 7 月（復刻、修訂版）

ISBN——　978-988-79669-2-0

定價——　HKD$108

ISBN 978-988-79669-2-0
9 789887 966920